千年の眠りを醒ます

『伊勢物語』

服部真澄

講談社

千年の眠りを醒ます『伊勢物語』

皇家と在原家

（登場人物を中心にした略図）

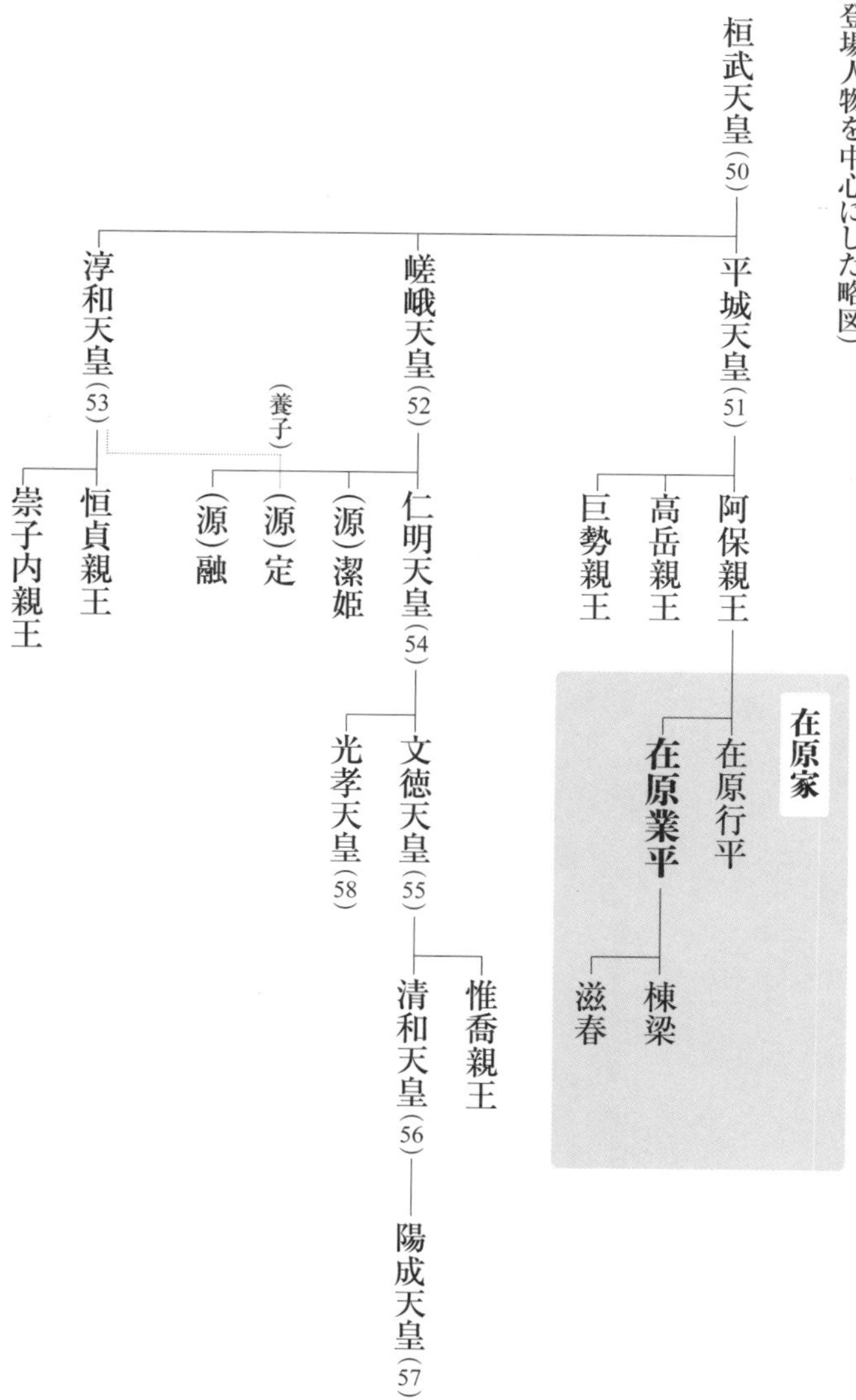

藤原北家

（登場人物を中心にした略図）

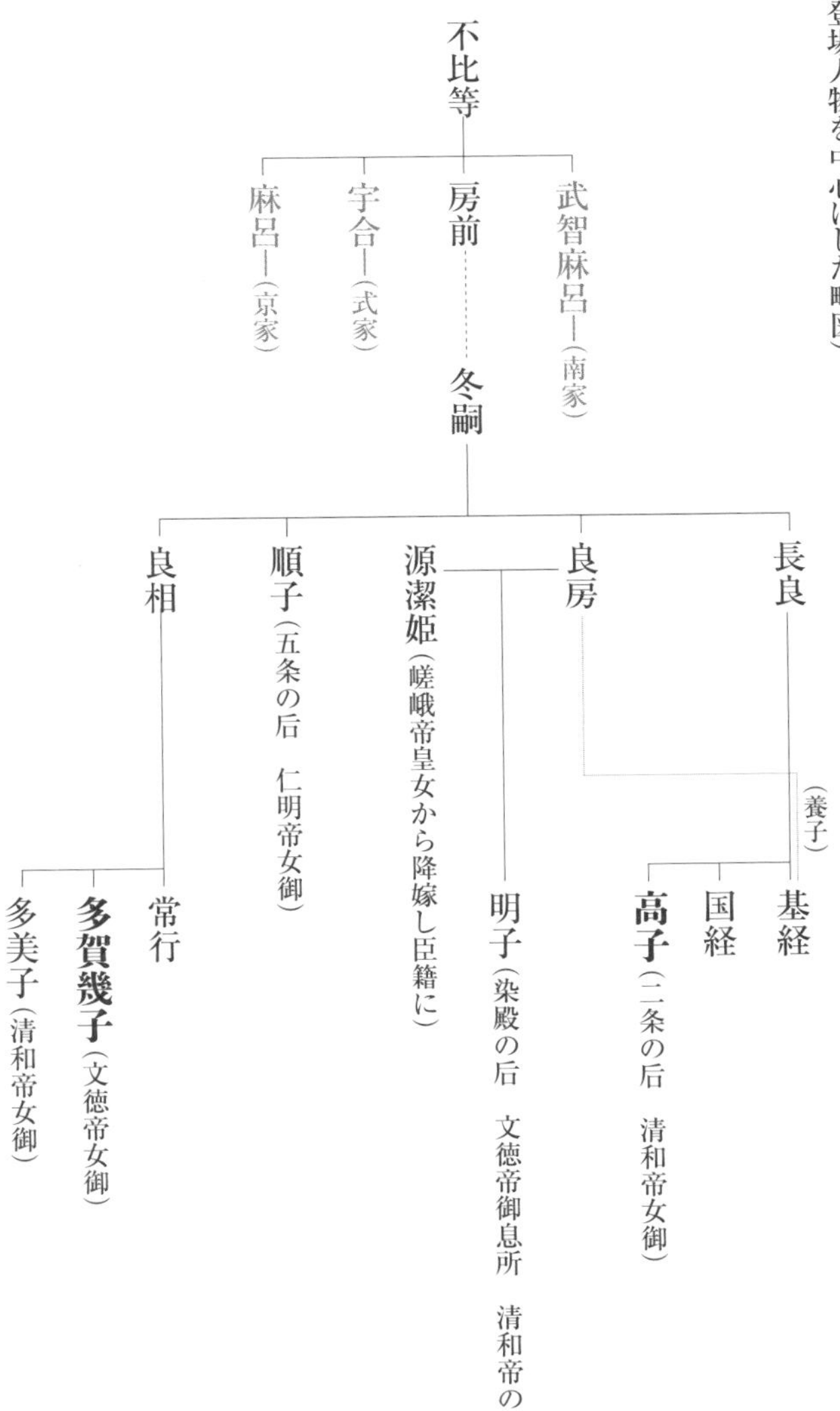

【目次】

【第一章】

伊勢物語を読むなら知っておきたい
ロイヤルファミリー・業平《なりひら》のバックグラウンド

第一段から
ロイヤルスポーツで読者を鷲づかみにしていた
伊勢物語

伊勢物語は、受験勉強で取り上げられる古典の筆頭格であるそうだ。だが、その第一段にざっと目を通したとき、私は正直心配になった。

伊勢物語の作者が一種の天才なのは疑いもない。

コピーやスキャナーどころか印刷技術さえない平安時代、人々はこの物語を夢中になって書き写し、競うように読み、面白がって人に貸した。それだけのバリューがあったのだ。作者が人心を誘うコツを心得ていることは確かである。

なかでも空前絶後なのは、イントロダクションの「つかみ」だろう。小説は書き出しで決まるというが、伊勢物語はセオリー通りにオープニングで読者の好奇心をかき立てている。

ボンクラ小説家である私などは、第一段の出だしを一読して絶句した。一応プロの目から見ても、難度の高い離れ技なのだ。

同時に、もどかしくなった。この作者の目の覚めるような技が、現代人にはうまく伝わらないのではないかと落ち着かない。心配とはそのことだ。

通じないのは、けっして作者の責任ではない。古文や歌の、辞書的解釈の問題でもない。

これは仕方のないことで、千年を超える歳月を経れば、お互いの共通概念にはかなりのギャップがある。国や地域が違えば、コモンセンスが違うのは当たり前だろう。時間軸の違いについても同じことがいえる。伊勢物語が書かれた時代には、当時特有の習わしや、誰もが知っていた一種の「お約束」がある。

それらは共通認識であるがゆえに、本文からは省かれている。

書かれていなければ、現代訳には含まれにくい。また、同じフレーズを用いていても、その背景は時代によって違ってゆく。

……というわけで、当時であれば誰でもおのずと読み取っていた情報が、現代ではデータとして読み取られないままこぼれ落ち、訳にも反映されなくなっている。

同じ書き手である私からすれば、なんとももどかしい話で、読み進めば進むほど、これは何とかならないものか？　と思いはじめた。

そこで思い余り、史料を頼りにしながらその当時に肉薄しつつ、伊勢物語を可視化しようと試みたのが、この稿及び『令和版・全訳小説　伊勢物語』である。

十世紀余を経たいま、かつての人々がこの物語に抱いた好奇心を追体験するのも一興ではなかろうか。その手がかりとなる当時のコモンセンスについて、非力ながらも少々検証してみようと思う。

念のために述べておくと、伊勢物語の作者が書いた原本はみつかっていない。諸々ある書写本のなかでいま底本とされる頻度が高いのは、藤原定家《ふじわらのさだいえ(ていか)》の書写として伝わっている系統のものである。

なかでも定家の自筆本が宮中にあり、三条西家《さんじょうにし》に下賜《かし》されたものの臨書本であろうとされる学習院蔵の『三条西家旧蔵・伝定家筆本』や、冷泉為和《れいぜいためかず》の臨書した宮内庁書陵部所蔵の『冷泉為和筆本』は代表格である。もとより、現在各段に振られている段数はこの定家本によるもので、百二十五段となっている。が、他系統の本では配列順にも大きく二系統あり、段数にも増減や異同がある。定家本系統でいう第六十九段を始まりとする系統があるのだ。

それを踏まえたうえでも、この第一段がきわめて冒頭向きの描き方なのは確かである。しばらく私説を述べてみよう。

『三条西家旧蔵本』第一段の書き出しは、下記の如くである。

むかし於とこう為かう布りして奈ら乃京か壽可の佐とに志累よしゝて可里尓い尓けり

この原文では意味は判然としないだろうが、かな混じりのごく短い一文ということはおわかりだと思う。

これに句読点を加え、いまの仮名づかいにし、わかりやすく漢字をあててみると、次のようになる。

むかし、男、初冠《ういこうぶり》して奈良の京春日《かすが》の里に領《し》るよしして、狩りに往《い》にけり

初冠……元服《げんぷく》（初めて冠をつける）
領る……所領として治める
往ぬ……往く。おもむく

など、単語をことば通りに直訳してゆくと、たいていは下記のように伝わる。

《昔、男が元服をして、所領としている奈良の春日の里に狩りに行ったそうである》

教科書・参考書、あるいは古典文学集等の訳にも似たようなことが書いてあるので、こう思うのではないだろうか。

「そうか。この男性は奈良の春日の里の地主で、成人したあと、たまたま狩りに行ったんだろうなあ……？」

高校生くらいのときは、私もそう取っていた。

だが、残念ながらこの感想では、作者の言わんとしたことの三十分の一くらいしか伝わっていない。

せっかくだから、平安時代の女性に成り代わり、感想をいまのことばで表現してみよう。こんな調子になるはずだ。

「すごい。この男子ってロイヤルファミリーなんだ。だったら、セレブのあの人に決まってる。ファミリーの拠点だった奈良の春日に所領があるんですもの。先々代の天皇の政争トラブルがあった昔の都に、その孫が成人したとたんに乗り込むなんて、懐古趣味なのかしら。それとも、けっこう強気の人なの？　どちらにしても型破りよね……」

と。

何と、彼女ら同時代人はこの第一段から〝男〟の属する社会的階級の高さを推察できたのである。のみならず、男のモデルになったであろう著名なセレブリティの実像までが連想できた。

鷹狩り【第一段】

受け取り方がここまで違うのはなぜか。ギャップを読み解くヒントとして、主人公が行った「狩り」を一例に見てみよう。

現代人の我々は、平安時代の人々が「狩り」と聞いたとき湧いてくる通念を知らない。そのため、全景が見えてこないのだ。

では、過去と現在とを行き来しつつ、この狩りを眺めるとどうなるか。

このとき男が行った「狩り」は、庶民が罠《わな》や網《あみ》、あるいは弓矢を使って行う狩りではない。

どんな狩りかといえば、人が飼い慣らした鷹《たか》に獲物を追い詰めさせ、獲《と》らせる方法で、鷹狩りという。

伊勢物語・第一段のどこを見ても〝鷹〟と書いていないが、これが明らかに鷹狩りなのは、同じ段で主人公が着ていたハンティングウエア（狩《かり》衣《ぎぬ》）の独特な模様からわかる。

どんな模様かについては後述するとして、鷹狩りはいわばロイヤルスポーツで、いまのヨットや

スペンサーコレクション
「伊勢物語絵巻」より
SPENCER COLLECTION
『ISE MONOGATARI EMAKI』
/NYPL DIGITAL COLLECTION

乗馬、射撃などを遥かに超える、雲の上の人々の遊びだった。

当時の超大国であった唐《とう》の皇帝が鷹狩りを好み、貴族たちの間で流行した。唐のムーブメントは日本にも及び、鷹狩りは我が国でも王権の表象になっていった。ちなみに、帝が行うときには鷹狩りを〝放鷹《ほうよう》〟といい、鷹は〝御鷹《おたか》〟と呼ばれていたそうだ。伊勢物語が示している時代は、放鷹を好む帝が三代続いた後期の頃からで、ムーブメントは佳境であった。

この頃の鷹狩りはセレクト感たっぷりである。一握りの人々にしか許されなかったのだから。

帝はむろん催したし、親王も許されていたが、王や臣になると許可を得た者しかできなかった。王臣といっても、ただの臣下ではなく、元皇子《みこ》でありながら臣籍《しんせき》降下された者などが特別に許されている。

ほかに許可されたのは、彼らの護衛の役人――SP的な存在で鷹の世話もする――六衛府《りくえふ》の次官以上や、各地の長のチェック役である観察使《かんさつし》など、鷹狩りに必要不可欠な進行管理役や技術のスタッフである。

平安初期はそんな時代だったので、鷹狩りをする者が主人公であれば、彼はロイヤルファミリーか、少なくともその周囲のセレブリティであった。

伊勢物語の作者は主人公の出自を強烈に匂わせており、同時代の人々はそれを当たり前のように察し、いったいどんな話なのかと、無性《むしょう》に掘り下げたくなったはずである。いわゆるセレブリティへの追っかけ心理が働くからだ。

2020年代のいまでも、皇室・王族がらみの動向は注目の的だろう。現英国王室ウィリアム王子夫人のキャサリン妃や、王室離脱をしたヘンリー元王子妃のメガンを例にとれば、プロフィールからファッションの一々まで、彼女らの話題が連日メディアのトップニュースになっている。

王子妃たちが身につける高級ブランド品のそれぞれがウォッチャーたちにとって常識である以上に、鷹を使った遊猟《ゆうりょう》のクラス感は平安初期の人々によく知られていたといっていい。

鷹狩りのグレードを知るために、狩りが成立するためのプロセスの一部を記してみよう。

遊猟の当日ばかりでなく、準備段階から相当の手間がかかっている。

狩りに使う鷹は貴重品だ。クオリティの高い鷹が輩出する地方が名産地とされ、夏の終わりから秋頃に献上されてくる。

成鳥は慣らし、巣から獲ってきた雛《ひな》には人間が狩りを教え、いずれも鍛える。

鷹を育て、調教するためには多くの生き餌が必要になる。鳥の雛やウサギ、キジなどを毎日与えるのだから、総合的には帝や貴族らが鷹の遊猟で得る獲物よりはるかに多くの餌が費やされたはずである。

鷹のトレーニングを専門に行う鷹小屋まで、きっちり用意されていた。乾燥した高地を厳選して造られ、小屋の衛生管理、鷹の体型維持のための脂肪抜き食、狩り直前の絶食……、狩りのシーズン前にしておかなければならない仕事は山ほどあった。

朝廷では鷹司《たかのつかさ》や鷹飼《たかがい》といった専門部署の者が扱いを担当する。

それに加えて、スタッフが貴人に鷹を渡すときのふるまい方、鷹の繋ぎ方やツールなど、作法から用具まで詳細に定められていた。

ノウハウとして、鷹狩りの総合ハンドブックもあった。といっても、誰もが気軽に読めるマニュアルではない。唐からわざわざ遣唐使が持ち帰った渡来の『鷹経《ようきょう》』や、帝が自ら編纂《へんさん》し命名もした『新修《しんしゅう》鷹経』といった超ハイブローの典籍である。読解に相当の学力が求められるのはもちろん、下賜されなければ手にも取れなかった。

優美な鷹狩りのために、システムが周年動き、国の超エリートたちがチーム態勢であたっていた。なまじの者が真似られる話ではないのだ。

平安時代の人々は、鷹狩りのクオリティを存分に認識していた。

伊勢物語の主人公は、こうして整えられた鷹狩りの〝特別待遇〟を享受できるロイヤルファミリーか、それに近い男と捉えられていたのだ。

小説家の目から見ると、冒頭文から作者がロイヤルスポーツを用いて主人公の極めて高貴なプロフィールを匂わせ、つかみにかかったのは、物語の導入テクニックとしてごく自然であると思える。

「狩り」の背景について、少しばかり彼我のギャップの大きさを見比べてみたが、これだけではない。

私が驚いたのは、はじめの一文である僅か三十八文字に、作者が〝男〟のモデルとなった実在の人物を連想させる材料までを盛り込んでいることである。

そのことについても、後に触れていこうと思う。

平安初期の読者は知っていた！伊勢物語第一段の季節は稲刈りが終わってから初冬

先に進む前に、隠れたコモンセンスについてもう少々、述べておきたい。

伊勢物語第一段の季節は、明らかに限定できる。

男が奈良を訪れたのは、春でも夏でもないと言い切ってよい。

原文には時候が記されていない。だが、如実に示されているため、読者には季節ももちろん伝わっていた。

いつかといえば、稲刈りが終わってから初冬の間である。

見えざる常識は、これも鷹狩りに関係している。

というのも、鷹狩りが文中に登場することだけで、当時の人々は季節が読めた。鷹狩りにはシーズンがあったのだ。

そのシーズンには、①〜④に挙げた事情が関わっている。

①鷹（他の猛禽類も使われるが、ここでは鷹とする）の羽根が生え替わって新しくなり揃う立秋《りっしゅう》以降
②獲物になる渡り鳥が飛来し始める頃以降
③米の収穫後（作物を荒らさないため）
④雪が降りすぎず積もっていない頃

鷹の摂理《せつり》や自然のサイクルによって、鷹狩りのシーズンは①〜④までが揃った頃とされていた。いまのカレンダーでいうなら、十月半ば以降から十二月半ばくらいであろうか。

平安時代の伊勢物語読者にとって、第一段の季節はこの頃と、明白に読み取れていたのである。なのに、第一段の現代語訳として「秋半ばから晩秋ごろに」などと、季節が添えられていることはまずない。

これも、当時のコモンセンスを我々が踏まえておらず、データとして受け取れていない一例であろう。

さらに付け加えれば、天候もおおむね推測できる。

雪や雨は猛禽類の羽根を重くし、動きを鈍くする。獲物のほうもそれは同じなので、捕えることは容易かもしれないが、鷹の疲労により回を重ねることができない。遊猟にならないのである。

天候は選ばれたし、ましてや貴人が行う鷹狩りには、鷹をうまく乗せるための風も読まれていた可能性が高い。

明確である時節とちがい、こちらは半分は推理であるが、晴れか曇りの風のある日と読めるだろう。

データのバックグラウンドから平安期読者にはモデルが著名人の〝あの人たち〟の誰かと想像できた

第一段の「狩り」が同時代人に対して立ち上げたであろう絵巻を、少しばかり時間を巻き戻し、眺めていただいた。

続いて取り上げたいのは、同じ一文のなかの〝奈良の京春日の里に領るよしして〟の部分である。

これは、主人公の男がロイヤルスポーツの鷹狩りをした場所について説明した文で、下記の地名が示されている。

奈良の京（の）春日の里
（「奈良」の都にある「春日」の里）

さらに、訪れた理由として、

領るよしして
(所領の主人として治めている縁で)

とあるので、情報としては、「奈良の春日に所領があった」となる。それだけであるが、平安時代の読者は十分「はっ」と主人公のモデルに思い当たった。

連想ゲームではないが、いくつかの要因を重ねてゆくと、ひとつの像に決着することはよくある。

この作業にも、当時の常識が大きく関わってくる。

「ロイヤルスポーツ」+「奈良・春日の所領」と足されると、当時の人は何を連想したか、少しばかり見てみよう。

とくに重要なキーワードは「奈良」である。

「奈良」にゆかりのロイヤルといえば、この頃の人が思い起こすのは平城帝《へいぜいのみかど》のファミリーであった。平城帝は「ならのみかど」とも呼ばれている。

なぜかといえば、奈良(平城)に朝廷を置くことにこだわったためだ。土地柄がお気に召していたのは疑いもない。が、そのこだわりが歴史上の大事件を巻き起こした。

仮に、平城天皇の子孫をナラ・ロイヤルファミリーと呼んでおこう。

そのトップ・平城天皇は、帝自ら一大事を起こしたからこそ、いまだに知名度が抜群なのだ。

誰知らぬ者のなかったその事件簿を、順を追ってざっと見てみよう。

●平城天皇の父、桓武《かんむ》天皇が奈良(平城京)から京都(平安京)に朝廷を移し、今後はずっと京都を

都とするよう厳命した
●平城天皇はこの処置を嫌がり、朝廷を奈良に戻したがっていた。在位中に決断していれば可能だったかもしれないが、病気になったため弟に天皇の位を譲り、上皇となった
●弟は嵯峨《さが》天皇となり、父の命令通り、平安京の新たなインフラ造りに努めた
●上皇になってすぐ、平城の病は回復してしまった。奈良に住まいを戻し、国の予算で古い宮廷や町を修繕させ、側近の役人たちを呼び戻しはじめた。予算オーバーで民は飢えた
●当時は上皇と天皇の力が同等であったため、京都と奈良が「二所《にしょ》朝廷」と噂されはじめた
●嵯峨天皇も一時的に病気になったため、勢いを得た平城上皇が奈良を都にせよと命令を出した。嵯峨天皇は従わなかった。上皇の最側近を捕えて殺させ、武力を見せつけて還都を潰した
●平城上皇は観念して出家。都は京都に落着した

ラフすぎるまとめだが、筋はおおむね上記であった。

平城天皇の取り巻きに藤原仲成《なかなり》・薬子《くすこ》という兄妹がおり、彼らが天皇をそそのかしたともいわれている。薬子は帝の愛人と見られていた。

このスキャンダルも加わり、一連の経緯は長い間『藤原薬子の乱』として伝わり、現代の日本史の教科書に載っていた。薬子と聞いて思い出される方も多いのではないか。

令和の現在では『平城太上《だじょう》天皇の変』とも教えられているそうである。肝心の決定はトップの責任だったと、とらえ方も様変わりしてきている。いずれにしても、ミレニアムを経たいまでさえ日本史で〝試験に出るトピック〟として残るほどの事件であった。

平安時代の初期には、ナラ・ロイヤルファミリーのトップ・平城上皇と争った嵯峨天皇がまだ存命で、上皇となっていた。

もちろん当時の人々は争いのいきさつをつぶさに知っており、まだまだ記憶も生々しかった。「奈良」というキーワードを当時の人々が聞けば、ごく自然に、先刻記した事件のストーリーがウワッとばかりに頭に浮かぶ。

歴代の帝にして実の兄弟の争い、愛人のスキャンダル、置き去りにされた古都……など、走馬燈《そうまとう》のように。

現代人の我々の受けとめ方とは違う。彼らにとっては、データの含むバックグラウンドがまるで違うのだ。

そんなさなかに、「ロイヤルスポーツ」をあえて「奈良・春日の所領」でする男……といわれたら、人々が思い起こすのはナラ・ロイヤルファミリーなのである。

なかでも、当時のセレブリティで「ロイヤルスポーツ」の鷹狩りが得意な実在の人物は二人いた。いずれもナラ・ロイヤルファミリー三代目である。

うちの一人が、平城上皇の孫にあたる在原業平《ありはらのなりひら》である。もう一人は、業平と七つ違いの兄・在原行平《ゆきひら》だ。

第一段の初めの行で作者が重ねて示した「狩り」と「奈良・春日の所領」で、当時の読者は主人公のモデルをここまで絞《しぼ》り込めたのである。

在原ブラザーズの人気は、皇室をスピンアウトさせられた悲運からきていた

このナラ・ロイヤルファミリー三代目ブラザーズは、いまのJ-POPの某ブラザーズ以上に有名で話題性があった。なんといっても皇孫である。

だが、皇孫といっても代々の帝の孫は何千、何万人といるのに、なぜ在原ブラザーズはビッグネームになったのか。

それは、悲運が彼らを見舞ったからである。

ブラザーズの人生模様にため息をつく前に、まずはナラ・ロイヤルファミリー二代目について見てみよう。

抗争に敗れた平城上皇の血筋であるがゆえに、二代目は皆、マイナス影響を避けられなかった。誰一人として『平城太上天皇の変』に加担していなかったのに、彼らはとばっちりを受けた。

平城上皇には、男子の皇子が四人あったとされる。そのうち、史料に登場する親王たちの事件後を記してみる。

○阿保《あぼ》親王（第一皇子）……太宰府《だざいふ》（福岡県太宰府市）へ左遷。入京を許されたのは平城上皇崩御のあと

○高岳親王《たかおか》（第三皇子）……嵯峨天皇の皇太子となっていたが、廃太子とされた。親王に戻されたが自ら出家。空海《くうかい》の弟子となり、渡唐を経て天竺《てんじく》に渡ろうとするが、海路で消息を絶った
○巨勢親王《こせ》（第四皇子）……お咎《とが》めなしだが生涯、品《ほん》（親王のランク。一品《いっぽん》から四品《しほん》まである）を得ていない無品《むぼん》（ランクはゼロ）

なかなかに厳しい状況である。ナラ・ロイヤルファミリーの二代目は、勢いを失わざるを得なかった。

ただし、二代目たちは低調とはいえ、れっきとしたロイヤルファミリーであったことは特筆すべきだ。皇族であり続けるだけで彼らには珠玉の輝きが残り、世間からは尊ばれていた。

さて、ではナラ・ロイヤルファミリー三代目はといえば、阿保親王の子と、高岳親王の子たちである。

二代目も巻き添えであったが、彼らはなおさらで、祖父の事件とは関わりようがなかった。ところが、二代目をはるかに超える酷な展開が待っていた。

両家とも、皇族からスピンアウトさせられたのである。三代目は皇孫でありながら、臣籍《しんせき》に落とされてしまった。

形式の上では、二代目が「これこれの子らは以後、臣籍と致したいのです」と帝に申し出たことになっているが、実質は変を起こした平城上皇の男孫を皇位継承から外す処遇である。

皇族ならば、巡りめぐって帝の座が舞い込んでくることもあるが、臣下にそのチャンスはあり得な

い。

何より、これまでは雲上《うんじょう》の人であったものが、以降は子孫代々、末裔《まつえい》に至るまで永遠に臣籍となってしまうのである。

本人たちにしてみれば、愕然とするような暗転であっただろう。

臣籍に降《くだ》るにあたり、両家は「在原」という姓を与えられている。いうまでもなく、皇族に姓はない。彼らは姓で呼ばれたそのときから、以前に住んでいた世界とは、はっきりと切り離されてしまった。

ナラ・ロイヤルファミリー三代目がクローズアップされたのは、まさにドラマティックな彼らの転変を、世間が注視していたためである。

先に挙げた鷹狩りが得意な在原行平・業平兄弟は阿保親王の子だ。

とくに在原業平の容貌は、同じ平安時代に宇多天皇がまとめさせた史料『日本三代実録《じつろく》』に、〝体貌閑麗〟と明記されているところからみて、国が認めるレベルで絶世の美男子として知られていた。

ともあれ。

これまで述べてきたこもごもの状況が周知のことであった往時を念頭に置いて、もう一度、伊勢物語の第一段の冒頭を眺めていただきたい。

むかし、男、初冠して奈良の京春日の里に領るよしして、狩りに往にけり

このたった一文に込められた驚くほどの情報量に、読者も気づかれたのではないだろうか。

男のモデルの見当もついてしまう。ただ、昔は昨今のように大っぴらに名指しするわけにはいかなかっただろう。その点、フィクション仕立ての物語は便利だ。細部設定をしていくことによってモデルを連想させながらも、個別のIDをあえて確定せずに脚色を加えれば、普遍的な話にも読める。

伊勢物語の作者が誰であれ、このあたりの配分も得意であったようで、つくづく感嘆する。

ともあれ、このようにギャップを埋めて行くと、伊勢物語はそもそもスピンアウトされた皇孫をモデルに描いたロイヤル・ゴシップであることが見えてくる。

にもかかわらず、いまでは肝心の部分が霞んでしまっていることもわかる。

第一段はその意味でも重要だ。さらに検証を続け、往時の読者が容易に察していたことを可視化してみよう。

万葉集を勅撰集にしたとされる平城帝。その孫だからこそ在原業平は和歌ルネッサンスでトップ・アーティストと化した

さて、あのナラ・ロイヤルファミリー一代目の平城上皇であるが、歴史に残る一大事を起こした一方で、文化的な面で大きな功績を残したとされていた。

平城上皇は、万葉集を広めた人とされている。

万葉集の成立については、時期や過程が判然としない部分が多く、明確には断じられない。

だが、聖武帝《しょうむのみかど》の頃から蒐集され、平城天皇がその上になお撰入《せんにゅう》させてできたとする通説がある。

少なくとも古今和歌集序（いわゆる真名序）には
『平城天子詔侍臣令撰万葉集（平城天皇が侍臣に詔《しょう》して万葉集を撰《えら》ばせなさった）』

と記されている。

この序説の筆者、紀淑望《きのよしもち》がこれを記したのは、彼が大学頭《だいがくのかみ》（大学寮の長官。いまでいえば国立トップ大学の学長）となった909年前後であろうか。業平の死が880年であることからすると、この時代の人は紀淑望と同様に捉えていただろう。

すなわち、平城天皇は万葉集を撰ばせた人と認識され、和歌を興隆させた帝として知られていたのである。

その皇孫である業平が歌の道で名をなすのは、むしろ常道ではあるまいか。加えて絶世の美男子、恋多き男となれば、名が上がるのもうなずける。

古今集の序に記され、後に和歌のトップ・アーティストと称されるようになった六人——六歌仙《ろっかせん》といわれる——のうち、最も多い三十首が同集に入首しているのも、業平であった。


さて、その和歌であるが、奈良時代の終わり頃から平安時代のごく初期には下火であった。

というのも、当時は遣唐使のもたらした渡来文化が花開いた頃であった。唐から帰国した空海と親交の深かった嵯峨天皇は唐風を好み、漢詩文の勅撰集を編ませた。渡来の文物が朝廷を彩ったのである。

が、半世紀ほどもすると和歌のムーブメントがやってきた。唐の政情が不安定になったうえ、日本では主題として学ばれていた仏教が唐では軽視され出し、情勢が変わって遣唐使も中断されてしまったのである。

そこで、反動のように昔ながらの和の文物が見直されはじめた。ルネッサンス（復興文化）である。ヨーロッパのルネッサンスは十四〜十六世紀の現象なので、本邦のこの動きの方が古いことなのではあるが。

かな文字ができたとされるのもちょうどこの頃だ。平城（なら）以前に宮廷・朝廷でもてはやされていた和歌が、古く雅びなものとして再び脚光を浴びるようになり、かな文字で読み書きされる歌が貴族のたしなみとなっていった。

上代から和歌が恋を伝え合うツールであったことも、再ブレイクの大きな理由であろう。こういった当時の事情を見てゆくと、伊勢物語がいかに時代に即応したものであったか、わかっていただけると思う。

和歌ルネッサンスの時機を確実に踏まえ、万葉集の立役者ともいえる平城天皇の孫にして歌人のヒーローを主役に、上流社会のロマンスを語る。ついでに、皆が知りたがっている恋愛ツールとしての和歌のノウハウさえも学べてしまう。

伊勢物語の作者は、実にしたたかなのである。

「昔、男ありけり」スタイルのルーツは万葉集『巻第十六』か

ついでに述べておこう。

万葉集の内容がいつどのように広まっていったか、知るための手がかりはないに等しい。推測されているのは、編纂《へんさん》されてすぐには流布《るふ》しなかっただろうということだ。

理由も謎であるが、編纂者と見られる大伴家持《おおとものやかもち》が、死後、藤原種継《たねつぐ》暗殺事件に関与したとして追罰を受け、806年の三月十七日まで復位しなかったことから、この間の流布はなかろうと推測されている。

桓武天皇が崩御し、平城天皇が践祚《せんそ》したのはちょうどこの日で、関連した恩赦で家持が許されたのかもしれない。万葉集が勅撰されたとすれば、その後のおよそ四年間のことになる。太上天皇の変は810年なので、平城上皇絡みの和歌集がその後すぐに流布するはずもない。

私見ではあるが、平城上皇が崩御し、ナラ・ロイヤルファミリー二世の阿保親王が入京を許された824年以降か、あるいは阿保親王が没して一品の位を贈られた842年以降が、万葉集〝解禁〟のひとつの区切りであったのではないかと思っている。

ともあれ、古今集の序が書かれたときにはすでに万葉集は有名な歌集だったと考えられるので、おそらく業平の生きた時代（825~880）の頃に知られていったと推測することはできるだろう。

そして、伊勢物語の作者はなぜか上代の歌の知識に実に詳しく、万葉集を踏まえた歌も詠んでい

る。

その上、ひょっとしたら物語の形式じたいを万葉集に借りたのではないか？　と私などは考えている。

伊勢物語各段の有名な冒頭といえば〝昔、男ありけり〟である。

比較のために、万葉集の巻第十六〝由縁ある雑歌〟の題詞の書き出しをいくつか並べてみよう。

・昔、娘子《をとめ》ありけり（昔者有娘子）

・昔、老翁ありけり（昔有老翁）

・昔、壮士《をとこ》と美女とありけり（昔者有壮士與美女也）

上記のように〝昔、何某ありけり……〟で始まり、庶民的なショート・ストーリーに和歌が数首ついている形式が何話か見られる。万葉集の巻第十六は、いわば歌物語なのである。

伊勢物語はこのスタイルを踏襲して書かれたとも思える。

物語を流布させるためには、高価な紙に書写しなければならなかった時代である。長いあいだ流布していなかった万葉集を下敷きにするほど読み込むことができるのは、よほどナラ・ロイヤルファミリーに近いか、朝廷のなかの和歌に詳しい作者ではあったのだろう。

臣籍降下は同じでも
ナラ・ロイヤルファミリーと
サガ・ロイヤルファミリーには差があった

ナラ・ロイヤルファミリー三代目が臣籍降下された悲運の一族と認識されていたことについてはすでに述べたが、この同時代には、別の理由から皇族から臣籍に下されるグループが増えていた。

その代表格が、嵯峨天皇の子孫である。ナラ・ロイヤルファミリー三代目の臣籍降下は、平城上皇の起こした〝変〟が理由であるが、嵯峨天皇の子孫のうち多くが臣籍に下されたのは、皇族維持に関する廷費を節約するためであった。

皇族の親王や内親王には、食封《じきふ》といって、民より集めた米や絹があてられていた。それを節減しようとの狙いである。

嵯峨帝には皇子皇女が合わせて五十人を超えていたため、皇后や女御の子を親王や内親王として残し、残りの男女三十二人を臣籍に下した。

サガ・ロイヤルファミリーは、二代目から臣籍降下されている。与えられた姓は〝源《みなもと》〟である。食封の代わりとして、彼らは朝廷の役につけられた。最初は六位、七位の低位から始めるので、さほど優遇されてはいない。

本人たちにしてみれば、ショックだったであろう。

その〝源〟姓の元皇族に対する在原業平の見方をも、伊勢物語の第一段は語っている。

サガ・ロイヤルファミリーのなかにも、業平と並び称される、同時代の美男のセレブリティがいた。

名を源融《とおる》といい、洗練極まる元皇子であった。

彼も特例として鷹狩りを許されており、鷹狩りの地まで賜《たまわ》っていた。このあたりも、業平とよく似ている。

ただ、違うのは、伊勢物語の描くサガ・ロイヤルファミリーの源融には、ナラ・ロイヤルファミリーにつきまとう負の部分がないことである。

この源融を、物語のなかの〝男（業平）〟は羨望の目で見、また皇族からスピンアウトさせられたという点では共感し、彼の歌を引用することで仮託している。

歌物語といわれる伊勢物語に登場する和歌の第二首目は、主人公の歌ではない。何と、この源融の歌なのだ。

融の作品をわざわざ持ち出したのはけっして偶然などではない。物語の作者というのは、意味があってはじめて材料を文中に投じるものなのである。

そこを踏まえると、作者の観点が手に取るように見えてくる。第一段ではスピンアウトさせられた皇族をテーマに話を進めているのである。

平安時代の読者は、物語には書かれていないこの二人のセレブリティのバックグラウンドを熟知し、人物プロフィールについても共通概念を持っていたので、ストーリーが読み取れていた。

だが、時が経ちすぎたため、現代の読者には背景が見えていない。

ナラ・ロイヤルファミリーとサガ・ロイヤルファミリーの臣籍降下の由来や、業平と源融が鷹狩りに通暁するセレブであったことなどを知らないままに読むと、第一段からまったく理解できないとい

春日野【第一段】

うことになってしまうのである。

　残念でならず、私は、当時の読者ならこう読んだだろうと、物語当時の〝常識〟をあえて大幅に描き添えた小説『令和版・全訳小説　伊勢物語』（講談社刊）を上梓することにした。本書とともに読んでいただけたら幸いである。

色や地名が、身分の高さを暗示する。歌に盛り込まれた禁野《しめの》や禁色《きんじき》

　伊勢物語が書かれた頃と現在のコモンセンスの違いは、地名や色に含まれる意味合いにも見ることができる。

　同じ第一段に、下記の一首がある。

かすが野の若紫のすり衣《ごろも》
　しのぶのみだれ限り知られず

スペンサーコレクション　「伊勢物語絵巻」より　SPENCER COLLECTION
『ISE MONOGATARI EMAKI』/NYPL DIGITAL COLLECTION

ここに登場する〝かすが野の若紫のすり衣〟は、〝地名＋草の名・色名＋衣服〟であるが、字面《じづら》通りに取る以外にも、当時の人にとっては即座に連想できる「お約束」があった。

若紫とは、若い紫草のことである。そこまでは現代人も読めそうだが、平安のコモンセンスはここから先である。

紫草の花は白いのだが、なぜ紫草というのかといえば、根が紫色の染色材料となるからなのだ。

さらに、この紫草は貴重で数が少なく、この草が出す紫色で染めた布は、皇室か三位以上の上流貴族にしか着用を許されていなかった。いわゆる〝禁色《きんじき》〟である。

紫草は貴重なうえに、薬用にも用いられたため、庶民の出入りが禁じられ、隔絶された圃場で育てられた。皇室のための御料地《ごりょうち》や、貴人のための禁野《しめの》である。

そして、春日野こそは、御料地や禁野の多いエリアであったのだ。

これらの諸事情を知った上で見ると、〝かすが野の若紫のすり衣〟を着られる立場の人は、極めて限られた身分のセレブリティであることがわかり、驚かれると思う。

しかも、狩り用の〝摺衣〟まで加われば、この衣装が禁裏《きんり》で育ったロイヤルファミリーの暗示であることはもはや疑いもない。

前記の歌は主人公が父母を同じくする女姉妹に贈ったものであるから、この歌では彼らが自らの他を絶する身分の高さを共有し、悲運を話題にしていることが容易に読めてゆくのである。

【第二章】

伊勢物語の主人公の恋物語は、時の権威の象徴・藤原北家へのアンチテーゼであった

すでに第一段で匂わされていたこの時代きっての権力者藤原北家《ほっけ》のプレゼンス

第一章では、伊勢物語の主人公であるナラ・ロイヤルファミリー三代目の悲運を、平安時代の人々がセレブリティの悲運として捉えていたことを述べた。

続くこの章では、伊勢物語の主題である主人公のロマンスを、同時代の読者がどう受け取っていたかを記してみようと思う。

筋の運びの虚実はどうあれ、伊勢物語のモデルが在原業平であるということは、第一段の分析からしても確かである。

この業平という人は、いまでもドンファンのように伝わっている。現実の業平が美男であったことと、伊勢物語に登場する主人公が恋を主題とした和歌の達人であることから、プレイボーイになぞらえられることも多い。

だが、実際のところ、それは大きな誤解である。

同じ貴族でも、手当たり次第に多くの女性を欺《だま》して恋を仕掛け、落とせた女性のカタログを作っていたドンファンと、伊勢物語の主人公とはかなり異なる。

定家本でいうところの二段〜六段までを見ていただくと、伊勢物語が主題とする恋の本質の大部分がここで語られていることに気づくであろう。

その恋の本質とは、

身分違いのままならぬ恋

である。

皇室をスピンアウトさせられた三代目は、新しい〝臣下〟ポジションの身分が恋に及ぼす影響に悩むことになる。

帝の男系の直系で、身分の高い母（業平の母は桓武天皇の内親王）から生まれた彼は、世が世であれば皇太子となり、帝となる可能性もあった。

皇太子や帝であれば、たいていの女性を妃にすることができたはずである。

ところが、彼は臣籍降下の憂き目に遭っている。ランクがレベルダウンしたために、お妃候補として身内にガードされている女性たちとは釣り合わなくなってしまった。

手に入らないものほど欲しくなるというが、彼は、歴史のいたずらで絶望的に遠ざかった皇位を取り戻そうとするかのように、手の届かない女性に恋い焦がれてゆく。

さて、そこで恋の相手として登場するのは、当時の政務畑で最も力のある、華麗な一族の令嬢たちであった。

一族とは、臣下のトップレベルにあった、藤原北家である。

まず、当時の周辺事情からざっと説明しよう。

伊勢物語の頃、朝廷で権勢を強めていたのは、この藤原北家であった。嵯峨天皇の右腕ともいわれた藤原冬嗣《ふゆつぐ》の子女らで、長良《ながら》、良房《よしふさ》、良相《よしみ》ほかの兄弟姉妹がいる。

なかでも大物だったのが、嵯峨天皇の皇女、源潔姫《きよひめ》を妻として下賜された藤原良房である。良房の妹・順子《のぶこ》は仁明帝《にんみょう》（嵯峨天皇皇子）の女御となっていた。皇家にはすでに、身内としてこの順子がいたのだが、さらに、良房は自分の娘や姪たちを次々と、皇太子妃や帝の女御にしてゆく。

皇家に一族の血筋を続々と注ぎ、ついには孫を帝の座につけるなど、皇室との血縁関係から利を得ようとしており、その試みは成功していった。まさに政略結婚の司令塔である。

良房のこの躍進をバネに、子孫が摂政《せっしょう》、関白《かんぱく》となってゆく家系であるといえば、一族の朝廷での実権の強大さをおわかりいただけるであろう。

この時代、北家の娘たちはといえば、皇室との縁結びの機軸となる強力な武器であり、北家の男たちにとってのお宝だったのである。

伊勢物語の面白さは、皇家からスピンアウトせざるを得なかった在原ブラザーズに対し、憎まれ役としてこの藤原良房及び藤原北家の男たちを置いたところにある。

良房は、臣下でありながら朝廷の実権を握り、皇室に及ぼす門閥《もんばつ》の力を強め、押しの一手でのしあがる。

時代を動かすこの良房流の処世術は、当時の人々からも〝ゴリ押し〟に見えていただろう。上流社会を意のままに動かし、睨《にら》みをきかせるこの手の人物は、モデルにしやすい存在でもある。もちろん、当時の読者の関心を大いに集めたはずである。

自然と、名流北家の娘たちも、名の知れたセレブリティとなってゆく。主人公が恋に落ちてゆく彼女らのプロフィールは後述するとして、まずは、当時の読者には藤原北家のプレゼンスが大いに影響していたことを記してみた。

この藤原北家の存在は、実は第一段から匂わされている。

門閥の名などはいっさい書かれていないが、当時の時局政局を繙《ひもと》くことによって見えてくる。

第一段で、男は奈良の「春日野」で「狩り」をする。何気なく見過ごしてしまいそうな一節であるが、実は、朝廷の政治的な動きを心得た当時の人々からすれば、これは北家への当てつけ行為にも見えたのである。

というのも、藤原良房の弟の藤原良相は、殺生を禁じる仏教に帰依していたために鷹狩りが大嫌いであった。貞観《じょうがん》二年（８６０）や五年には、国司《こくし》による鷹の献上や飼育を禁じる太政官符《だじょうかんぷ》を、右大臣として宣しているほどである。

さらにいえば、春日野は藤原氏が氏社としている春日大社の目前でもあり、大社の山内や春日山を神域として禁猟にする動きがあった。実際に８４１年には狩猟が禁じられている。

北家はこの頃、藤原氏を代表して氏寺や氏社（春日大社や興福寺《こうふくじ》。いずれも春日山にある）を管理する〝藤氏長者《とうしちょうじゃ》〟の立場も確立しつつあったのだ。

ちょうど８４１年といえば在原業平が十六（数え年なら十七）歳の頃で、伊勢物語の主人公の貴公子が元服まもないという設定を考え合わせると、時期がいかにも符合する。

そんな状況のなか、春日大社の目前で大っぴらに狩りをしようというのだから、北家にしてみれば、むろん面白くない。

とはいっても、そこにはナラ・ロイヤルファミリーのよすがが残っており、鷹狩りを特別に許された血筋の貴公子が私有の領地で淡々とすることなので、文句のつけようはないわけである。

現実が示す機微を当時の読者は踏まえていたので、〝したたかで放縦《ほうじゅう》だが胸のすく貴公子のすること〟と、主人公の行動が評判になったのだろう。

いずれにしても。

モデル小説の場合、モデルが生きていた時代の現実のできごと――カレント・トピックス――を知って読むと、意図が顕著になることはよくある。

作者はすでに第一段から大きな存在である藤原北家のカレント・トピックスを絡めつつ、ストーリーを展開しているのである。

伊勢物語の全体構想は六章に分けることで見えやすくなる

伊勢物語の各段に段数が振られていることはすでに述べた。

ここでは、底本とされることの多い『三条西家旧蔵・伝定家筆本』に基づいて記している。

段数の総数は百二十五段である。ショート・ストーリーが百二十五本というと、読むのにも構えてしまうが、実はそう面倒な話ではない。

伊勢物語の場合は、全体を通じた流れがある。しかも、組み立て方がはっきりしているので、仕分けしやすい。

原文には章立てがないが、まとまりごとに読んでいただくと、作者の意図が平明に伝わると思う。

下記の章立ては、私が仮に立ててみたものである。

●1章（一段）
主人公のプロフィールと彼の状況

●2章（二～六段）
主人公の真剣な恋物語。藤原北家の令嬢たちへのままならぬ恋

●3章（七～十五段）
2章で恋に破れた主人公の東国への旅

●4章（十六～六十八段）
失意のまま都に戻った主人公を取り巻く恋模様と和歌のエスプリ、北家令嬢との初恋の回顧

●5章（六十九～七十五段）
伊勢にて、斎宮との禁断の恋

●6章（七十六段～百二十五段）
真剣だった恋のその後と、父母の死、老いゆく主人公

ざっとまとめた章別の概要を見ていただくと、主人公の貴公子の恋は、数少ない真剣なロマンスが主であり、ゲームもどきの恋は、和歌のおかしみやもの悲しさ、あるいは上品なしゃれやユーモアを生かすための彩りにすぎなかったと読めてくる。

主人公の〝男〟はプレイボーイというよりむしろ悲恋の人であり、我々と同様に、加齢とともに下り坂の生涯を生きていったのであった。

京都の貴族邸宅跡発掘から解けた、千年の時を超えた第二段の謎。主人公の初恋の人のモデルは誰か

伊勢物語には、旧来、謎とされてきたことが数多くある。

実をいえば、伊勢物語を全訳してみようとする今回の試みのなかで、その多くが解けてきた。いずれも国文学的に価値の高いことであると思われるので、そのそれぞれについては後述してゆく。

この第二段のとらえ方についても、私は新たな発見である可能性が極めて高いと考えている。

この第二段も極めて短い。第一段よりも短く、和歌一首を含めても二百字足らずである。参照のため、下記に全文を挙げておくが、読み飛ばしてくださっても構わない。

むかしをとこ有けり。ならの京ははなれ、この京は人の家まださたまらさりける時に、にしの京に

女ありけり。その女、世人にはまされりけり。その人、かたちよりは心なんまさりたりける。ひとりのみもあらさりけらし。それをかのまめをとこ、うちものかたらひてかへりきて、いかか思ひけん時はやよひのついたち、あめそほふるにやりける。

おきもせす　ねもせて夜をあかしては
春の物とて　なかめくらしつ

（＊句読点は便宜的に私が振った。上記太字部分の濁音は原文通りで、濁らせていない。他出の歌の引用については、諸論を踏まえながら筆者の解釈を加味し、濁点を振ってある）

例の主人公の男が、前段の舞台でもあった旧京を離れ、新しい都の〝西の京〟の女性に思いを寄せてアプローチし、語り合ったか思いを遂げたかして帰ってきた。三月一日で、雨がしとしと降っていた。そこで、何を思ったか歌を詠んだ。春特有の浮き立つ心と物憂さが行き来する物思いの歌である。

……と、文字だけを追ってざっと解釈すれば確かにそうなる。

だが、これだけでは読み切れていない。あまりに短いせいか、第二段はつい見過ごされがちであるが、作者がこの話をこの位置に置いた意味はもっと大きいのだ。

第二段があっさりと読み過ごされてしまう理由はもうひとつある。続く第三段から、伊勢物語の主題のひとつでもある、主人公と藤原高子《たかいこ(こうし)》との恋が始まるためである。第三段から第六段にかけて二人の恋模様が描かれるので、読者の主たる関心はビッグ・イベントに引き寄せられて当たり前なのである。

ではあるが。

観点を変え、小説の書き手として語らせていただくなら、起点である第一段と主題の第三段との橋渡しとなる第二段にささいな話をもってゆくはずがない。物語の序盤から毒にも薬にもならない話では、読者の興味が削《そ》がれてしまうからである。

つまり、作者側の常道からすれば、ここは何らかの前触れなり伏線の入れどころなのである。

さらにいえば、たとえ短文とはいえ、作者は一字一句たりとも無意味には使わない。

そんな目で見てゆくと、私にはひっかかる部分があった。

具体的に見てゆこう。

主人公は、第二段でどんな女性に思いを寄せたのか。女性のプロフィールとしてはじめに「西の京に女ありけり」と、住まいが書かれているのが、まず気になった。物語の舞台は新都に移ったのだから、「京に女ありけり」でもよさそうだが、あえて作者は〝西の京〟と書いた。

こんなところに、作者の意図が読めるのである。女性が住んでいたのは、限られたエリアなのだ。

そこで、この頃の〝西の京〟について調べてみると、面白いことが分かってきた。

平安京では朱雀大路《すざくおおじ》を中心に東側を左京《さきょう》、西側を右京《うきょう》という。

当時の内裏は現在の京都御所より西に位置しており（現在のJR二条駅北側あたり）右京が低湿地となっていて、洪水も多かったことはよく知られている。貴族は左京の高台に集中して住み、右京の三、四割ほどは開発もままならない形であった。

ただし、右京のなかでも一条から二条の〝西の京〟と呼ばれる地域は、高台に設けられた宮城《きゅうじょう》に隣接しており、水害を避けられた。

ここに住まう階層は、朝廷の中・下級役人や貴族の親戚、愛人など、ミドル以上の人々であった。そんなことからすれば、〝西の京〟の女性は貴族の愛人クラスであろうとの推測も成り立つだろう。

が、ここでより大きな現実が、千年の時を越えて現れた。

私が手がかりとした下記の史実が京都市埋蔵文化財研究所によって「発表」されたのは、２０１１年12月８日のことである。

西の京の女【第二段】

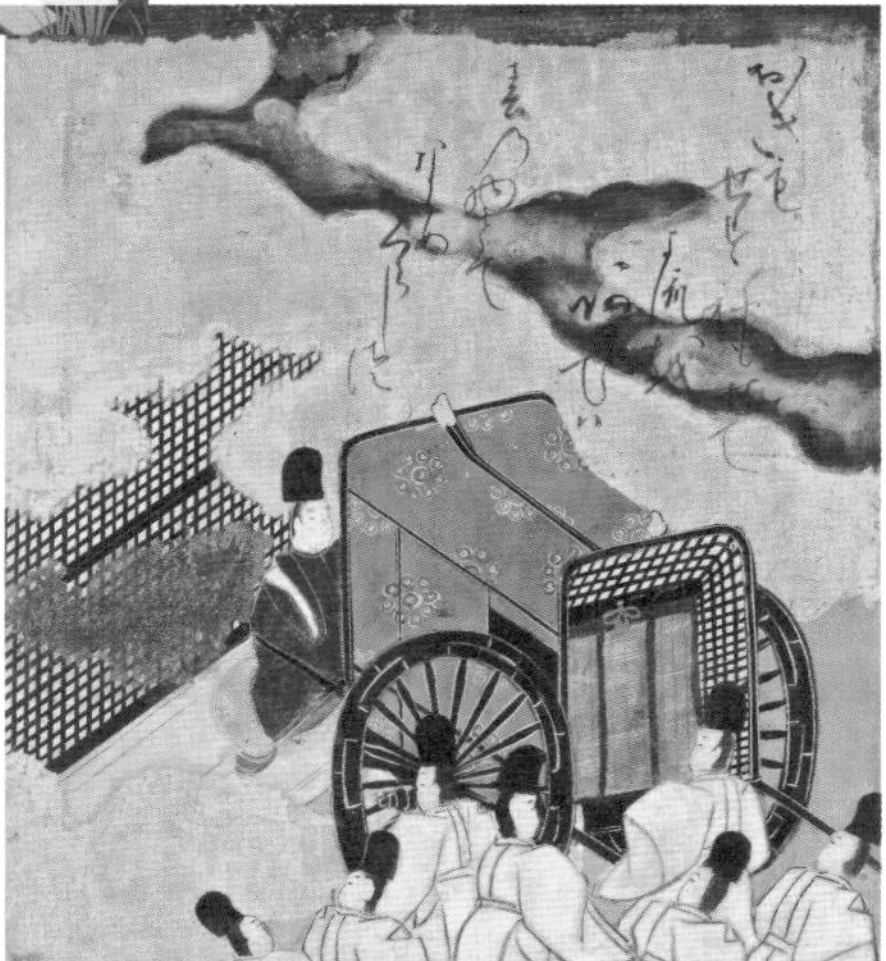

伝　俵屋宗達「伊勢物語図色紙」（個人蔵）

平安京があった京都市中京区で、平安時代前期（9世紀後半）の貴族の邸宅跡が見つかったと、市埋蔵文化財研究所が8日発表した。出土した墨書土器や当時の絵図などから、右大臣・藤原良相（ふじわらの・よしみ）＝813～867年＝の邸宅と断定した。特定の平安貴族の居住地を発掘調査で確認できたのは初めて。

（「朝日新聞」記事より抜粋）

この藤原良相邸の場所は、右京三坊一条六町で、先述した〝西の京〟にあたる。ここで、はっと気づかれた方もいらっしゃるのではなかろうか。

伊勢物語の憎まれ役として置かれているあの藤原良房の弟が、この良相なのである。藤原北家の五男・良相が大の鷹狩り嫌いで、伊勢物語の第一段には彼の存在が匂わされていたことを、ぜひ思い起こしていただきたい。

西の京に住んでいたからこそ、この良相は〝西三条殿《どの》〟と呼ばれていた。

彼は大臣まで務めた上級貴族であるが、この西の京に住んでいたのには理由がある。その理由を、作者はなんと、この短い第二段にきちんと明示しているではないか。

「人の家まだ定まらざりける時に」と、時勢をわざわざ述べている。つまり、まだ町の趣や住まう者の階層が定まらなかった頃に、良相は宮城に近いこの地を選んだのだ。

主人公の男が思いをかけた女性が、良相の娘だったと仮定してみよう。

良相には、名が知られている娘が二人いる。

念のため述べておくと、当時は本名を呼ぶことが失礼とされていたために、公式文書に名が残っている女性の名しか知ることができない。つまり、宮中で任官されて位を得たり、女御や更衣として皇室に入らなければ名が残らない。

ともあれ、良相には入内《じゅだい》した娘が二人いた。多賀《たか》（可）幾子《きこ》と多美子《たみこ》である。このうち、第二段の示す頃合いや主人公のモデルである業平との年齢の釣り合いを考え合わせると、第二段が示す恋の相手は、この多賀幾子であると推察できるのだ。彼女は西三条女御とも呼ばれていた。

多賀幾子が文徳《もんとく》天皇（仁明天皇の皇子）の女御となったのは850年のことである。第二段の話はそれ以前と考えられるから、業平が二十五歳より前の話になる。

●藤原北家出身の令嬢

●藤原良房の姪

●いずれ皇室に嫁ぐ予定のお妃候補との身分違いの恋

と、この三つの事情を並べてみると、彼が第二段で思いをかけた相手は、三段以降で恋する藤原高子と条件が全く重なる。

つまり、第一段で元服した男の初恋も、政略結婚の要・藤原北家の支配下にある令嬢であり、主人公がお妃候補とのランク違いの恋に煩悶《はんもん》していたことを、この第二段（〝春《初恋＝人生の春》〟の季節に）で作者はすでに示しているのである。

作者は、ままならぬ恋を重ねる業平の悲運を強調するために、伏線としてまずは彼の初恋をここで描いたと考えられる。

北家令嬢との実らぬ恋は二度であり、一度目は多賀幾子、二度目が高子であったのだ。

当時の読者には、セレブリティである業平にふさわしい〝西の京〟の女性セレブといえば、西三条女御、すなわち多賀幾子であることが明白だったので、作者の思惑が読み取れていたはずである。

人々が彼女と西の京を結びつけて考えていただろうことの証左を、もうひとつ加えてみよう。良相の屋敷が入内した娘達の里邸として「西京第」とも呼ばれていた記録が、901年に成立した国の史書『日本三代実録』に見られる。彼女はまさしく〝西の京の女〟そのものなのである。

もちろん、このモデル推測の論拠はこれのみにとどまらない。

伊勢物語の後半にあたる六十五段、七十七段、七十八段、百三段について、それぞれがこの第二段の後日談であると考えると、今日まで不思議だと考えられていた段に必然性が出てくる。

引き続き、それらについて記してみよう。

史上初めて解けた第七十七段の謎。〝春の別れ〟は、二段で示唆した初恋の人・多賀幾子への挽歌であった

伊勢物語を通読し、読み込んでいる方であればあるほど、この新知見には得心していただけると思う。

物語全体を読み進むなかで、これまで誰もが首を傾げてきたのは、後半の七十七段で、にわかに女御「多賀幾子」の法事の話が出てくることである。

従来の解釈では、多賀幾子と業平の〝初恋〟の関係に思い及んだ人がいないため、恋物語が機軸となっている伊勢物語に、なぜこの女御の法事が唐突に描かれているのか判然としていなかった。

この七十七段は通称「春の別れ」といわれている。

法事の締めくくりに、業平と思われる主人公が「春の別れ」を盛り込んだこんな歌を詠むからである。

山のみな　うつりて　けふにあふ事は
　はるのわかれを　とふとなるべし
（諸山が動いて多賀幾子さまの法事に参会するのは、お釈迦様が入滅した春の、涅槃《ねはん》の境地を訪れるためなのでしょう）

この段を論じた各種論文にも、章段の意味合いや「春の別れ」の歌の注釈がまちまちに語られてきた。歌人・業平の歌自慢の段であるとか、この法事が業平の出世の契機である、歌は季節の春との別れである等、いずれも当を得ていないのは、同じ理由からである。

ところが、第二段の恋の相手が多賀幾子であるならば、この法事の段は、主人公の初恋の人の死を悼《いた》む内容であることが明白となる。

多賀幾子が早世したため、業平は恋した昔を思い返しつつ、彼女との〝春の別れ〟を歌に詠み、挽歌としたのである。

第二段の歌を振り返ってみよう。

おきもせず　ねもせで夜をあかしては
　春の物とて　ながめくらしつ
（起きているのではなく、といって眠くもなく悶々と夜明かしをしながら、春の長雨を眺め、あなたはあの春のもの《春宮《とうぐう》の婚約者であり私に春の物思いをさせた女性》なのだと日がな眺めて暮らして

いるよ）

第七十七段の歌は、この第二段の歌を踏まえ、こう読まれたものと考えられる。

山のみな　うつりて　けふにあふ事は
はるのわかれを　と（訪）ふとなるべし
（お釈迦さまの涅槃《ねはん》の時のように諸山が皆動き、君の法要に来てくれたのは、私が眺め暮らしていたあの〝春のもの――初恋の人――〟との別れを弔《とむら》いに訪れたのだなあ）

初恋の人への思いがこみ上げての歌なのだということは、七十七段で歌を詠む主人公が、涙で目をはためかせながら詠んだと描かれていることでもわかる。けっして、彼は心ないプレイボーイなどではなかった。

人は、関わりのない人の法要では泣かない。小説の作者は、無用な描写はしないものなのである。

永いお別れをした初恋の人への思いが名石に刻まれる第七十八段

続く七十八段も、女御・多賀幾子の法事にまつわる話である。

この段を要約すると、多賀幾子の四十九日の帰りがけに、彼女の兄である藤原常行《つねゆき》がある親王の山荘に寄り、自分の屋敷に置いていた石を献上する。石に添える歌を同行の人々に詠ませたところ、なかで主人公の歌だけが選ばれ、石に刻まれた……というストーリーになっている。歌は下記である。

あかねども　いはにぞかふる　色みえぬ
心を見せむ　よしのなければ
（語り尽くせないのですが、目には見えない私のご奉公の心を岩に代えてお見せいたします。いままでは心をお見せする機会がございませんでしたので）

これも従来は、歌人の業平の歌が上手なので褒《ほ》められた話であるとだけ解されている。が、それのみではない。

この稿を読んでいただいた方には、すでにおわかりのことと思うが、多賀幾子の法要がこの段でも登場するのは、彼女が主人公の初恋の人だからにほかならない。

彼女の兄の屋敷とは、前述した藤原良相の〝西三条の屋敷＝西京第〟を常行が相続したものであり、名石が置いてあったのは、多賀幾子の個室（御曹司《みぞうし》）の前なのである。

つまり、主人公は、歌人として常行の親王への心を代弁しながらも、実のところは永いお別れをした元恋人の多賀幾子に向けて送っているのである。

千里浜の石【第七十八段】

伊勢物語図〈部分〉（国文学研究資料館蔵　鉄心斎文庫）

あかねども　いはにぞかふる　色みえぬ
心を見せむ　よしのなければ

（まだまだ語り飽きないけれど、私の秘めた心は見えないだろうから、この岩に心を托しておくよ。君に心を見せる方法はほかにないから）

当時の読者は、歌意の表裏の面白さと、業平の切々とした哀歌にこそ、魅力を感じていたのではあろう。

主人公と多賀幾子の若かりし日の禁じられた恋は第六十五段に克明に綴《つづ》られている

伊勢物語の第六十五段は、全段のなかで最も長文である。

長いぶん、この段は内容も濃い。

ごく若い主人公の男と女御の道ならぬ恋、それも宮中での逢瀬《おうせ》がまず描かれる。禁断の場に、読者は固唾《かたず》を呑んだことだろう。

主人公は恋に苦しみ、川のほとりで恋心をなくしてほしいと神仏頼みの禊《みそぎ》をするが、その甲斐もなく、恋心は増すばかりである。この場面から、この段は通称「恋せじの禊」といわれる。

募る恋はやがて帝に発覚してしまう。女御は蔵に押し込められ、正妃（御息所《みやすんどころ》）である従姉妹の折檻《せっかん》を受ける。男はよその地方に流されるが、夜ごとに笛を吹きながら宮城の前まで歩いて往復する。笛の音色は哀切に響くが、女御には術がなく、蔵にいることさえ伝えられない。

若さゆえの狂おしいまでの恋にはバイタリティが溢れ、夜を裂く笛の哀惜とあいまって、物語中でも傑出したエピソードであることはいうまでもない。

にもかかわらず、この段に登場する女性ヒロインのモデルについては、多くの訳本が確定を避けてきた。断じ切れないために〝藤原高子のことという〟と曖昧に記されてきている。

グレーな推定なのには、理由がある。ヒロインを高子とすると、恋人たちの年齢に無理があるのだ。

この段の原文には〝男のまだいと若かりけるを、この女あひしりたりけり〟とある。この書き方からすると、男がたいそう若いときにおつきあいした女性ということになる。しかも、この書きぶりだと女性のほうが年上にも感じられる。

男性は十代後半から二十代の半ばであろう。が、史実のほうを眺めると、業平が十八歳のときに、高子はまだ一歳の乳児なのである。恋人とは、とてもいえない。

逆に、高子が結婚の適齢にさしかかる十五、六歳の頃知り合ったとすると、業平は三十二、三歳で、もはや中年となってしまう。

これらのことから、史実とは異なるとして諸訳本ではグレーな推定がされているのである。ところが、このヒロインを多賀幾子として読み進めてみると、極めてスムースに筋が運んでゆく。多賀幾子は藤原良房の姪にあたるので、良房の愛娘である明子《あきらけいこ》（染殿《そめどの》の后《きさき》）の従姉妹である。

初恋の人――〝春のもの〟――であった多賀幾子は文徳帝の女御となって入内したが、業平は諦めきれず、若さゆえの暴走も加わって、宮中でも人目も構わず彼女に会い、関係を続けた。

やがて、事は明るみに出てしまう。文徳帝は男を地方に流した。

史実のほうを眺めると、在原業平の出世は文徳帝の即位以降、止まってしまった（降位があったともされる）。位が上がったのは彼が三十八歳になってからのことで、文徳帝崩御の三年後のことである。

多賀幾子との一件で業平が地方に流されたとすれば、停滞の時期が符合する。

ともあれ、宮中での禁じられた恋のこの段は、この物語にとってメインクラスの一幕であり、その後の主旋律となる主人公の傷心にも大いに影響している。

詳細な訳は『令和版・全訳小説　伊勢物語』に記したのでぜひご参照いただきたい。

ちなみに、この段のなかで、主人公との逢瀬に悩んで女御が実家に戻るという描写があるのだが、この実家こそ、〝西の京〟の女の家である西三条邸＝西京第であろう。主人公は実家まで女御を追ってゆく。人目を忍ぶ逢瀬のたびに、主人公が例の庭の名石を目にしていただろうことが察せられるのである。七十八段の石の話の伏線は、この段に張られていたのである。

ここで余談も述べておこう。

帝の妻の一人である女御との密通が発覚したことの罰として、地方へ流されただけではいかにも軽い。しかも、物語の通り夜ごとに都に戻れるとすれば、地方といってもさほどの遠地ではないと想像できる。

なぜ、業平に対する処遇がこうも甘かったのか。

その答えとして、考えられることがある。

現実の文徳帝の最愛の妻とされているのは、正妃・明子ではなく、更衣の静子《しずこ》であった。

この静子は、業平の親友・紀有常《ありつね》の妹であったが、更衣どまりであった。更衣の立場は、同じ妻でも御息所や女御より低い。

後に説明するが、紀有常と藤原良房は、文徳天皇をめぐり、寵姫の兄と正妃の父として張り合う立場であった。

文徳天皇は静子を愛し、彼女の子を皇太子に擁立《ようりつ》したかったのだが、帝の伯父としても幅を利かせていた良房が、強いて自らの孫を皇太子に立てた。

帝は、そんな良房や明子を疎《うと》んじており、むしろ紀有常派であった。藤原北家の政略から入内した多賀幾子も妻としてさほど重んじておらず、紀有常の親友・業平の恋への咎めが緩《ゆる》くなったかと思われる。

良房の娘・明子という人は、素晴らしい美貌で知られていたものの、精神的なバランスが不安定でもあったらしい。今昔物語では、天狗に取り憑かれて痴態を繰り広げるさまが描かれている（『今昔物語』巻二十　染殿后為天宮被嬈乱語第七）。伊勢物語のこの六十五段でも女御を蔵に閉じ込めて折檻しており、優しい性格には描かれていない。藤原良房の娘は憎まれキャラなのである。

最後に、百三段について記しておこう。

主人公が、深草帝《ふかくさのみかど》（仁明天皇）の親王に仕えた女性との恋の思い出を歌に詠む短い段である。この女性のモデルは、これまで特定されずにスルーされているが、立場から考証すれば、多賀幾子その人を指すとわかる。

仁明天皇の皇子、道康《みちやす》親王が後に文徳天皇となったのであり、文徳天皇に仕えた女性のなかで、伊勢物語に登場している人物といえば、明子、静子、多賀幾子であるが、明子は仇役、静子は紀有常の妹として脇役なので、ヒロインは多賀幾子となる。

彼女と主人公との恋を順を追って見てみると、

初恋（第二段）――→宮中での恋の過ち（六十五段）――→恋人の死と法事、春の別れ（七十七、八段）――→禁じられた恋の回顧（百三段）

と、実に秩序だったプロットが立てられている。

落着点を見据えながら物語を構築していた伊勢物語の作者は、極めて合理的な思考の持ち主であったと思う。

主人公が初恋を全うしたからこそ、藤原北家令嬢・高子との新たな恋がますます切ない第三段〜第六段

さて、その作者が初恋の話のあとにもってきたのは、かなり歳下の女性との真剣な恋であった。運命の恋の相手は、またも藤原北家の令嬢である。

第二段で初恋が描かれ、続く三段から新たな恋がすぐに始まるので、主人公は移り気な男と思われがちであるが、現実と照らし合わせるとどうも違う。

初恋の人、多賀幾子の死は858年の十二月。業平が三十四歳の頃なのだ。例の法事で〝春の別れ〟を終えてから新たな恋が始まったとすると、859年になる。そしてその年こそ、新たな恋の相手・高子が五節《ごせち》の舞姫《まいひめ》に選ばれ、通説では業平と出会ったとされる年なのである。

藤原高子は舞姫のとき十八歳で、まさに芳紀《ほうき》であった。業平よりも十七歳は歳下になる。通説通りの時期に高子との出会いがあったのなら、業平は初恋から恋人の死までの、恋のワン・クールを全うしたあとで新たに恋をしたことになる。

伊勢物語を通読したあと再度読み返してみると、苦しかった初恋の切なさがストレートに効いてく

るので、ぜひ試していただきたい。

ここで新たな恋の相手、藤原高子のプロフィールをまとめてみよう。

この人のことは、伊勢物語のヒロインとしてかねてより語られているので、ご存じの方も多いだろう。

高子も藤原北家出身の令嬢で、あの藤原良房の兄・長良の娘である。

父の長良は856年に亡くなっており、高子は頼れるバックボーンを十五歳の頃に失ったことになる。

特筆しなければならないのは、父の死によって高子の同母の兄・基経《もとつね》がにわかに大出世したことである。高子ら兄弟姉妹の運命は、叔父・良房によって大きく変わっていった。

高子がその美貌ゆえ五節の舞姫に選ばれた頃には、良房はすでに太政大臣《だいじょうだいじん》となり、名実ともに栄華を極めていた。

彼の実娘の明子は、前述のように文徳帝の御息所となり、その文徳帝が崩御したため、明子が産んだ皇子が858年に即位、清和帝《せいわのみかど》となっていた。孫が帝となり、良房は外祖父として君臨するに至ったのであった。

が、さすがの良房にも唯一、弱い部分があった。息子がいなかったのである。

ロイヤルファミリーも形なしになるほど上り詰めたのに、後継ぎがいないのではお話にならない。

そこで、良房は兄の子である基経を養子にし、自分の後継者とした。基経は良房の期待に応え、後に太政大臣となり、朝廷の実権を握る。

最高官職である「関白」がはじめてできたのも、この基経のときである。関白とは、天皇と太政官の双方を取り次ぐ役であり、いずれにも関与してものを言う。彼の家系は後に摂政・関白を独占的に歴任した。これが摂関家のはじまりである。

兄の基経が、良房のルートに乗って朝廷のトップ・プレイヤーとなっていくのと同時に、妹の高子の人生も良房のシナリオ通りに動かされてゆく。

見方を変えれば、父に代わってより強力な後ろ盾《だて》ができたのだから、悪くない話にも思えるが、そううまくはいかないのが世の常である。

高子を清和帝の女御として入内させるのが、良房のもくろみであった。つまり、姪を自分の孫・清和帝の妃とすることを望んだわけである。

ところが、高子は清和帝より八歳年上であった。高子が五節の舞姫に選ばれた十八歳のとき、帝はまだ十歳である。帝の女御としては、やや薹《とう》が立ちすぎていた。

さらにいえば、ここにもう一つのドラマが絡んでいる。

清和帝がいよいよ結婚にふさわしい年齢となったとき、女御としてまず入内したのは、あの藤原良相の娘、多美子であったのだ。この多美子は、業平の初恋の人・亡くなった多賀幾子の妹である。

このとき、あの鷹狩り嫌いの良相はまだ存命で、兄・良房の座をうかがうほどの力があった。右大臣を務め、清和帝の女御にまず愛娘を入れたのだから、勢いは盛んであった。

ところが、多美子入内の二年後には、応天門《おうてんもん》への放火事件（『応天門の変』８６６年）をめぐる政局をきっかけに、良相は実質的な失脚をしてしまう。

高子が清和帝に入内するのはちょうどこのすぐ後で、良房は良相の失脚を睨み、高子を政略結婚の駒として新たな布石を打ったとも見えるのだ。ちなみに、この一年後に良相は亡くなる。

それはともかく。

実際に高子が入内したのは二十五歳になってからであった。

入内の前の十八歳から二十五歳頃といえば、恋も花咲く年頃である。いわゆる女盛りのあいだ、高子は妃候補と見込まれてはいたとしても、厳密には独身だったので、業平のアプローチがあったとしても、罪として罰せられる筋合いではない。

第三〜六段の恋物語は、この頃を描いたものだと思われる。

とはいえ、悲恋には違いない。彼女にも入内の話が進み、皇室をスピンアウトさせられた業平にとっては手の届かない人になっていった。

その切ないなりゆきは、初恋であった多賀幾子との恋をなぞるが如くである。高子は北家出身のセレブリティで、並みの男が近づける相手ではなかった。かつて愛した多賀幾子の従姉妹でもあり、彼女を折檻した良房の娘・明子の従姉妹でもある。

歌のリフレインが聴衆の余情を増すように、繰り返されるストーリーに読者は好感を覚える。千年以上前の作者は、いま盛んに分析されている単純接触（繰り返しがもたらす好印象）の心理的効果を心得、使いこなしていたのである。

第三段で情熱にかられた男は〝葎《むぐら》の宿《やど》〟ではなく〝葎の屋戸《やど》〟すなわち雑草だらけの庭で恋人を待つ

ひじき藻【第三段】

第三段で、藤原高子に思いをかけた主人公は、まず恋の告白をする。

この頃に和歌のムーブメントが来ていたことはすでに書いた通りで、なかでもトップ・アーティストであった業平に歌を贈られるとなれば、女性たちの胸はときめいたことであろう。

古典的な恋の作法では、和歌にプレゼントを添えて贈る。

主人公が第三段で選んだプレゼントは、この段の通称にもなっている〝ひじき藻〟であった。

いまではありふれた食材のひじきであるが、どこの食卓にも上る現在とは異なり、物流が人馬で行われた時代である。当時は貴族にも珍重される超高級品であった。

伊勢物語〈部分〉(国文学研究資料館蔵　鉄心斎文庫)

この〝ひじき〟を、ゴザなどの〝引敷物《ひしきもの》〟――寝具やラグマット――に掛けて詠み込み、主人公が令嬢に贈った歌が、下記である。

思ひあらは　むくらのやとに　ねもしなん
　ひしきものには　そてをしつつも

この歌を、以下のように訳してみた。

（少しでもあなたが私を思ってくださるのであれば、私は雑草だらけの屋戸《庭》で寝てでもお近くに侍り、待ちます。ゴザや寝具がなくても構うものか。いま着ている装束の袖を敷物がわりにすればいいのだから）

歌のなかの〝むくらのやと〟の部分に注意してほしい。この部分は諸訳本によって〝葎の宿〟つまり、雑草だらけの宿、〝むぐらの繁る家〟等と訳されてきた。が、歌意からいって、作者の意図は〝葎の屋戸《やと》〟、つまり雑草だらけの庭先、あるいは前庭であると思われる。

《庭》の部分を《宿》と解してしまうと、情熱がぼやけ、恋の訴求力が落ちてしまうことがおわかりであろう。

それよりもまず第一に、深窓の令嬢に対するアプローチなのに、どこかの宿で待っていると訴える表現は妙である。場所ならば彼女が住む建物の庭先か前庭、あるいは外にあたると取るべきところだ。

上記の歌は、あえて濁点を振らずに原文通り表記してみた。

この時代の歌を現代訳にするのは難しい作業だ。原文にはまったく濁点が振られていないため、濁音か清音かの区別をつけづらい。

さらにいえば、〝ひしきもの〟と〝ひじき藻〟のように、清濁の双方を生かしながら意図的な洒落にしたり、掛詞にしているケースもある。

そんなことから、原文にあたることはとても大切である。

〝宿〟に疑問を抱いたとき、原文を参照すれば、〝やと〟と表記されていることがわかる。〝屋戸〟か、あるいはあえて漢字表記を当てるなら〝屋外〟のほうがふさわしいかもしれないのである。

『全訳小説　伊勢物語』では、この歌を下記のようにも解してみた。

思ひあらば　むぐらのやとに　ねもしなん
ひしきものには　そでをしつつも
（少しでもあなたが私を思ってくださるなら、私は《あなたが太政大臣良房の監督下にあるという逆境を歯牙にもかけません。手立てを工夫して、そばにおります》）

と。

歌の歌意のみでは終わらないのが、モデル小説の醍醐味《だいごみ》である。

ともあれ、こうしてまたも藤原北家令嬢との恋がはじまっていったのだ。

皇室スピンアウトの悲運を歎きつつ恋人との身分の逆転を詠んだ第四段“月やあらぬ　春や昔の春ならぬ”

伊勢物語の第四段は、急な暗転である。

禁じられてはいたものの、何とか逢瀬を重ねていた恋人が、にわかに姿を消してしまう。恐れていたあの日が来てしまった。お妃候補であった恋人の入内が決まり、彼には手の届かないところへ——宮中へ——連れて行かれてしまったのである。

それからおよそ一年が経った春の夜、梅の盛りの頃に、彼は二人の逢瀬の場所であった屋敷に立ち寄ってみる。

恋人の姿があるはずもない。屋敷は静まり返り、家具も敷物も取り払われて、虚しさだけが漂っている。

そこで主人公は、あの何とも切ない名歌を詠む。

月やあらぬ　春や昔のはるならぬ
わが身ひとつはもとの身にして

《屋敷は変わり果てているが》月は昔のままの輝きに見える。だが、やはり昔の月ではないのだろうか。不変に見える春も昔の春とは違っているのだろうか《あの人も昔のあの人ではないのかもしれ

ない》。私自身は昔ながらの《ただあの人を恋う》私でしかないのに

歌の解釈はおおむね、上記であろう。
が、この伊勢物語全体を当時の読者が味わうときには、周知のこととして下記の要素も加味されていたと考えられる。

（月は昔の月ではない。春も昔の春ではない《昔は雲上にいた私も、いまはそうでない。世の中も、

西の対【第四段】

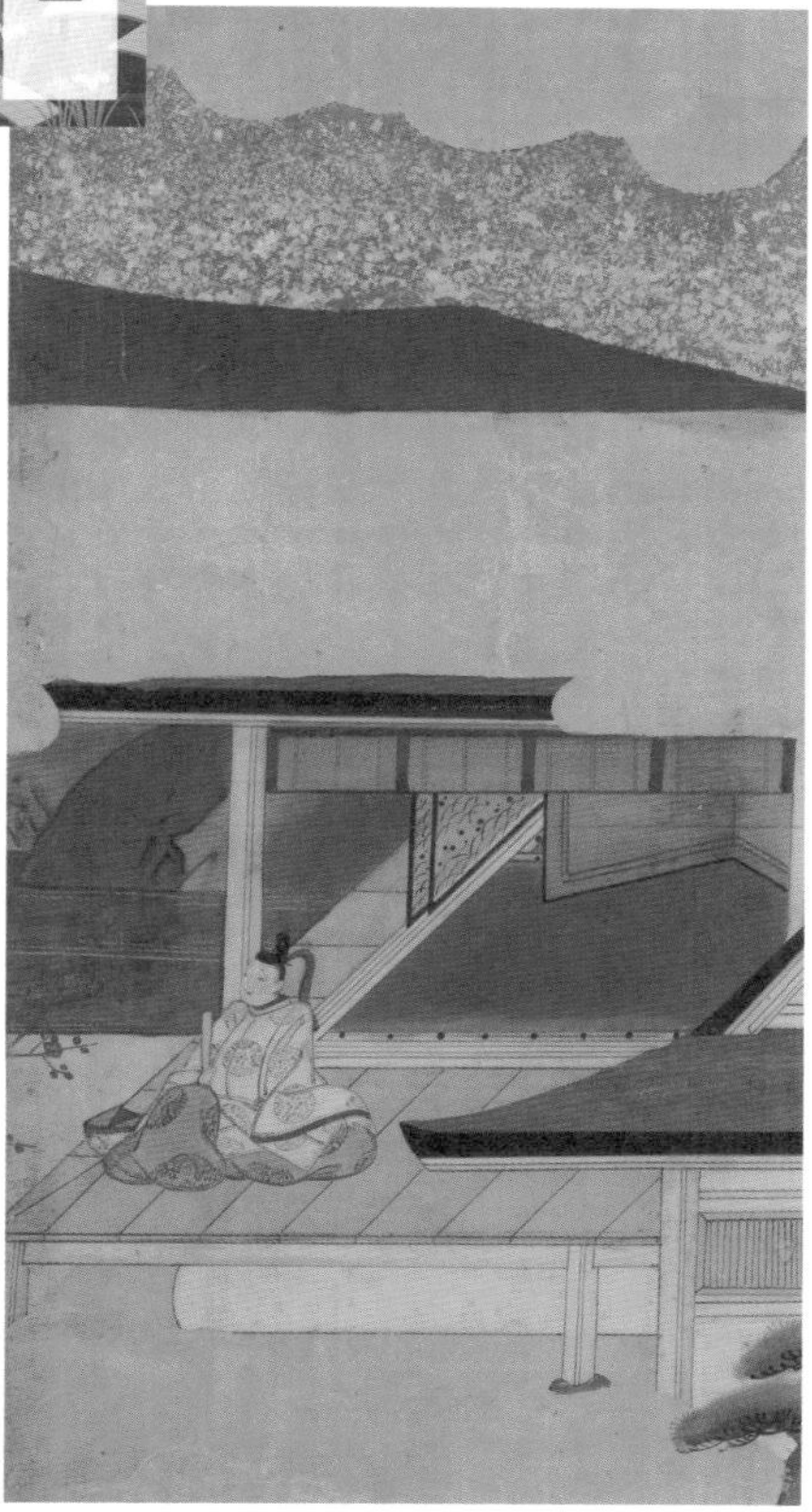

伊勢物語図〈部分〉（国文学研究資料館蔵　鉄心斎文庫）

私が皇家の者であったら望めただろう春の如き世ではない》。私自身は身も心も昔のままなのに《あの人はロイヤルファミリーに加わって雲上の人となり、私は臣籍にグレードダウンされた身の上に甘んじなければならない》)

本人の意向に反して、またも恋人たちの身分の上下が入れ替わりゆく。この段は、主人公の悲運を描く、物語きっての泣かせどころなのである。

地名の意味を知らなければ伊勢物語のハイライトシーンを味わえない〝芥川《あくたがわ》〟の第六段

話は第六段に進む。

この段は、伊勢物語の極致ともいえるドラマティックな見せ場で、通称〝芥川〟と呼ばれている。描かれているのは、恋の逃避行である。

主人公の男は、お妃候補と目されている相手と恋をしながらも、いずれは二人の間が裂かれることを知っている。

そこで、ふと思いが募ったときに、彼は恋人が預けられている屋敷から彼女を盗み出してしまった。

当時は、結婚の形の一つとして、駆け落ちに近い嫁盗み婚があった。周囲の反対を押し切って娘を奪取してしまうのである。世情によって仲が裂かれているケースでは、娘本人はもちろん、親が黙認していることも多かった。

主人公の彼は、二人を縛る肩書きや慣行から解き放たれたかったのである。

しかし、エスケープを強行したからといって、すべてがうまく運ぶわけではない。

この段でも、後先を考えずに彼女を略奪したままではよいが、二人は窮地に陥《おちい》ることになる。

不吉な予兆は、彼らが落ち行く末にたどりついた河の名に示されている。その河の名こそ、通称のタイトルとなっている〝芥川〟なのである。


この段に登場する芥川が実在した河であるか、架空の河かはわからない。

だが、いずれにしても、伊勢物語が書かれた当初の読者たちには、この河がどんな様子の河であるかを、コモンセンスによって即座に類推《るいすい》することができた。

芥とは、ごみや塵《ちり》のことである。

洪水になりやすく、溜まりやすい湿地を悪土（あくと）といった。自ずからこういった地には芥も積もり、ぬかるむ。

芥川の河原には、おそらく雑多なごみくずやら木石、動物の死骸等々が泥にまみれて積もっていた。有機物系のごみ、糞尿、木くずから発生する腐臭やガス臭さえ漂っていただろう。

芥川と聞けば、読者には上記のような汚れ舞台が浮かんだはずだ。

元ロイヤルファミリーとお妃候補という、極めつきのセレブリティが歩むのにもっとも似つかわしくない、いわゆる場末を作者は用意した。まず河の名で不安感を演出しつつ、この先恋人たちが陥る

芥川【第六段】

伊勢物語図〈部分〉（国文学研究資料館蔵　鉄心斎文庫）

どん底への入口としたのである。

この段は、許されない恋をしている恋人たちにとって不滅の絵巻である。

エスケープの結果がどうなったのかは本稿には記さないが、ぜひご自身で伊勢物語をひもとき、確かめていただきたいと思う。

伊勢物語の各シーンはこの国で千年前から絵画化されてきた。伝え続けたい記憶

ここで一言添えておくと、前段の名シーンを俵屋《たわらや》宗《そう》達《たつ》（あるいはその工房）が描いたとされる『宗達伊勢物語図色紙』の「芥川」（大和文華館蔵）は圧巻である。

江戸時代初期の画家・宗達の筆になるといわれる色紙は、現在五十九面が発見されている。

金泥の美しい宗達の名品は眺めても飽かないが、伊勢物語の名場面を絵巻にしたものは、およそ千年あまり前からあったと考えられている。

『源氏物語』第十七帖、巻名「絵合」のなかに、伊勢物語の物語絵を用いて貴族らが批評合戦に興じる様子が描かれている。

『源氏物語』が冊子としてまとめられたのは１００５年とされているので、その頃にはすでに伊勢物語が絵画化されていたことになる。

以来、各時代にわたり、物語の印象的なシーン

深江蘆舟『蔦の細道図屛風』（東京国立博物館蔵）
Alamy／PPS通信社

が絵巻や色紙、屏風などに描かれ続けてきた。絵入りの本も数多くある。伊勢物語は、これまで時代を超えて読まれ、語り継がれ、画像も立ち上げられるロング・セラーだったのである。

伊勢物語絵の変遷については、ここでは語りきれないが、それらの絵を見比べてみると、描かれている段や題材とされている場面は、各時代を通じておおむね共通している。

絵本の挿絵としては、四十九種あるものを見かける。私見ではあるが、かつては〝いろは〟の四十八文字に合わせて物事の総数を決めるのが習いとなっていたので、それに準じたものかもしれない。名シーンは少なくとも四十八以上はあるのだ。

これらの代表的な名場面は、時代を超えたコモンセンスとなっていたのである。

仮に平安時代と江戸時代の読者が会って〝芥川〟の絵の話をしたとしても通じた。いま思えば、奇蹟に近い話ではないか。

現代ではどうだろう？

本書の冒頭にも述べたとおり、伊勢物語といえば受験には欠かせない題材になってはいるが、名場面のそれぞれを熟知するほどエピソードに親しんでいる人は稀《まれ》だろう。

国語そのものも表記も、激しく変化しているため仕方がないとはいえ、ここで途切れさせては何とも残念だ。

伝統的古典として、あらためて現代に周知するなら、せめて、軽い気持ちで読み始めた人にも物語のストーリーが余すところなく心に刻まれ、一度通読すれば場面が浮かぶようにしたいものだと思った。

その思いは、私がこの稿と全訳小説を試みた契機でもある。

前述した俵屋宗達は、伊勢物語の成立からざっと五〜六世紀は後の人であるが、古典のなかに日本の美を見出し、伊勢物語等の王朝物語を題材に、独特な美的世界を造り上げた。

宗達をはじめ、尾形光琳《おがたこうりん》、酒井抱一《さかいほういつ》など琳派《りんぱ》の面々も、こぞって伊勢物語を題材としている。

有名なところでは、琳派だけでも

■尾形光琳『燕子花《かきつばた》図』（根津美術館蔵）
■尾形光琳『伊勢物語八橋《やつはし》図』（東京国立博物館蔵）
■伝　尾形光琳筆『禊図屏風』（出光美術館蔵）
■伝　俵屋宗達『蔦《つた》の細道《ほそみち》図屏風』（相国寺蔵）
■深江《ふかえ》蘆舟《ろしゅう》『蔦の細道図屏風』（東京国立博物館蔵）
■酒井抱一『宇津《うつ》の山』（山種美術館蔵）
■鈴木《すずき》其一《きいつ》『業平東下《あずまくだ》り図』（遠山記念館蔵）

……等々、枚挙に暇《いとま》がない。

現代でも琳派美術のファンは群を抜いて多く、各種の展覧会も毎年のように行われている。絵画観賞の手がかりのひとつとしても、ぜひ古来の読者のように、気軽に伊勢物語を手に取り、ハイライトシーンを楽しんでいただきたいと思う。

ロイヤルファミリーとの縁結びで後世に名を轟《とどろ》かせた藤原北家はうってつけの憎まれキャラだった

第二段〜六段には、前述のように、スピンアウトしたナラ・ロイヤルファミリー三代目の真剣な悲恋が描かれている。

恋の相手は、いずれも華麗なる一族・藤原北家の令嬢たちで、いずれもお妃候補であり、女御になった女性であった。高子のほうは後に帝の母にまでなったので、その住居の場所から〝二条の后《にじょうのきさき》〟と呼ばれた。

皇室に彼女らを送り込んだフィクサーが、藤原良房であったことや、彼が切れ者で、時機に投じて強引に手を打つ人物であったことも述べてきた。

見ようによっては偏執的でさえある。

良房はなぜ、ここまで皇家に拘ったのであろうか。

人の胸中を如実に知ることは無論できないので、推論を述べてみたい。

ひとつには、彼に男子がなかったことが大きく影響しているのではなかろうか。後継者を持つことが強烈な責務のようになっている当時の上流社会である。得ることができないものにほど、人は執着してゆくものだ。

良房の妻は、嵯峨天皇の皇女・源潔姫である。皇女が臣下に嫁したことは、前例のないことで、未《み》曾《ぞう》有の好待遇であった。

反面、これは良房にすれば厳しい縛りでもあっただろう。息子がいないからといって、第二、第三夫人を置けば、天皇への面目が立たない。こらえて待つ。結果がでなくても我慢するほかなかった。

彼はまた、根はかなり真面目な人物であったのだろう。そこで逸脱したりはせず、娘に望みをかけた。皇室に入った娘は物語に取り上げられるほど不安定な状態で、ようやく皇子ができた。念願の男子である。父として、また祖父として、支えなければと奮闘する。幼い帝には政治の能力がないので、後見のために摂政宣下を受け、政《まつりごと》を行った。

……しゃにむに生きた。実情は、そんなところであったのかもしれない。

やがて兄が亡くなり、良房は甥の基経を養子にする。基経は才を発揮して太政大臣を継ぎ、政権の要となってゆく。

だが、巷はそうは見ない。

その間、彼らはほかの皇子や他家の勢力を排除しており、やはり門閥づくりには違いないのである。

皇室を手がかりにのし上がる藤原北家は、やはりこの時代には格好の憎まれキャラで、物語のなかで恋の邪魔をする藤原高子の兄人《せうと》らは、現実世界で関白や大納言にと出世してゆく。一方、元ロイヤルファミリーであるにも関わらず、主人公は身分違いの恋をしたせいで、さしたる出世もしない。読者は主人公サイドに肩入れしたくなる。

藤原家を眺める苦々しさには、古くからのしがらみも絡んでいると、私などは見てしまう。

そのしがらみとは、ナラ・ロイヤルファミリー初代・平城天皇にまつわることである。

ちょっとタイムマシンに乗っていただこう。

時は遡《さかのぼ》り、８０７年のことになる。良房が太政大臣になったのが８５７年だから、その五十年前になる。

ある老翁が、平城天皇に巻子《かんす》をお渡しした。彼は天皇のお召しで論文をまとめ、お目にかけたのである。

論文作者の名は、斎部広成《いんべのひろなり》。天皇の祭祀《さいし》を司るトップ神官の一人で、現代風にいえば宗教学者でもある。

この老学者には大きな不満があった。そこへ天皇からお尋ねがあったので、ここぞとばかりに憤懣を記した。

彼のなかに蓄積していたものは、やや短絡的にいってしまえば、藤原氏への不満である。

当時、祭祀を担当しているのは斎部氏と中臣《なかとみ》氏の二家系であったが、大化の改新以来、権勢が藤原氏にのみ集中したことにより、斎部氏が押しのけられ、祭祀の重要な職柄が中臣氏にのみ振り当てられるようになってしまった。

この中臣氏こそは、もとを辿れば藤原氏の祖先なのである。

祭祀の係は両氏が平等に務めるべきなのに、中臣氏への偏重が甚だしくなりつつある現実を、彼は何例も示している。その一つには、伊勢神宮の宮司に中臣氏のみが任じられていることも挙げられているのだ。

これらの処遇が歴史的に見て誤りであるとして、斎部広成は、神代《じんだい》のことから説き起こし、自分の正当性を訴えたのである。

この論文には、神事にまつわる古伝承がちりばめられている。朝廷編纂の史書（『古事記』、『日本書紀』）や、各氏族の家伝の記録にも遺されていることを拾って書にしたことから、『古語拾遺《こごしゅうい》』と題されている。

この中臣・斎部の争いに関して、勅命で斎部氏の訴求が容れられたのが、この書巻が上奏された前年のことであるから、『古語拾遺』は事後のレポートと取れる種類のものかもしれない。

ともあれ、この一件に関して平城天皇が大いに関心を持っていたことは、わざわざ老学者の論考を求めていたことからして確かであろう。

中臣氏の専横についての斎部広成の描写は、下記のようにかなり激しい。

……中臣《なかとみ》 権《いきほひ》を専《もはら》にして、意《こころ》の任《まにま》に取りみ捨てみす。由《よし》有る者は、小《ちひさ》き祀《まつり》も皆列《つらな》る。縁無《よしな》き者は、大きなる社《やしろ》も猶《なほ》廃《す》てらる。敷奏《まを》し施行《おこな》ふこと、当時《そのかみ》独歩《ほしきまま》なり。諸社《もろやしろ》の封税《おほぢから》、総《す》べて一門《ひとうぢ》に入る。
（『古語拾遺』斎部広成撰・西宮一民校注　岩波文庫より抜粋）

権力を独占して、思いのままにふるまう中臣氏は、縁故があれば社の大小にかかわらず優遇し、縁がなければ切り捨てる。諸社の税も、みな一門に入る。

この報告書を目にした平城天皇がどう感じられたかは不明だが、『古語拾遺』はその後も朝廷で宮中祭祀に関する手引きのように読まれたとされている。

これらの専横は、まさしく藤原良房のそれを思わせる。

良房は、太政大臣になった頃、史書『続日本後紀』編纂にも携わり、実質的にはどうあれ、まさに歴史をも書き換えられる立場まで得ていた。

『古語拾遺』について知っている読者ならば、平城天皇が中臣氏を裁いたことから、ナラ・ロイヤルファミリーvs.藤原北家の構図を連想しても不思議ではない。

主人公を在原ブラザーズの一人にした作者の頭の片隅には、『古語拾遺』のことも入っていただろう。

やや穿《うが》った見方ではあろうが、小説の材料としてみたときには、前代にあった出来事も存分に反映したくなるものなので、参考までに当時の感じ方の一例として触れてみた。

【第三章】

元ロイヤル・ファミリーの傷心の旅〝東下り〟の旅先やルートは洗練された都人の憧れの的となった

伊勢物語に持ち込まれた万葉集へのオマージュ。和歌のメソッドが失意の旅を彩った

伊勢物語第七～十五段のテーマは、失意の旅である。

巨大権力に阻まれて恋に破れたあげく、都にいづらくなった主人公の貴公子は、東国へと旅をする。すでに見てきたように、主人公のモデル・在原業平はナラ・ロイヤルファミリーにして美男子、さらに和歌のトップ・アーティストでもあった。いわば時代のファッション・アイコンである。

そのアイコンが都を離れて地方に降臨するのだから、読者の興味がかきたてられることは疑いもない。

昔から〝貴種流離譚《きしゅりゅうりたん》〟とされる物語のパターンがある。身分の高い人間が属性を離れて冒険をしたり旅をし、お定まりの人間関係や画一的な概念から外れ、未体験ゾーンに入ることで新たな物の見方を得る。第七～十五段の旅物語も、この型にあてはまる。

貴種流離譚の結末には様々なバリエーションがあるが、神々、あるいは皇族に代表される特権階級が下々に混ざるギャップも見どころになる。

悲恋物語がクライマックスを迎えた前段で読者は泣かされていたので、気分転換になる展開でもある。

紀行文としても気軽に読める。

だが、実は作者は、ここに文学的な素養を盛り込んでいる。

小説を組み立てる側の目で見てみると、この旅編を一つのまとまりとして裏打ちするエッセンスの存在に気づく。作者が旅編に加えたエッセンスとは、万葉集へのオマージュである。それはまた、伊勢物語に歌物語としての深みを与えた要因でもあるだろう。

まず万葉集を見てみよう。

万葉集には、旅にまつわる〝羈旅歌《きりょ》〟とされるジャンルがある。羈旅とは〝行旅〟つまり自分の居所を離れて移動している状態なので、紀行に近いのだが、旅のとらえ方が現代とはやや異なっている。現代の旅はレジャーとなり、観光に買い物にと楽しみを求め、誰もが気軽に旅をする。

ところが、上代の旅は手ごわかった。移動手段が限られていたうえ、舗装されている道も街灯もない。自《おの》ずと移動は日中に限られ、食事にも苦労しながら多大な時間を費やさなければならなかった。別世界を見聞できる反面、辛さも相当なものだったのだ。

それゆえ、いまでは想像しにくいが、上代の旅人は、旅程にありながら自分の家を鏡のように思い合わせていたのである。

常に旅先から家を恋うているので、何を見ても家が思い出された。

旅人が都の人であれば、心は常に都に残している。

心残りはまた、都に残してきた妻や恋人についても同じで、旅先の名所にいても、なお都の伴侶に思いを馳《は》せるのである。

自然、和歌にもその思いが反映された。羈旅歌の多くには、都や妻を慕う歌が詠まれているのである。

ここで伊勢物語に目を転じると、この旅編を通じ、主人公は旅程に身を置きながらも、常に心を都の恋人に残していることが読み取れる。

彼は旅の先々の景観を目にし、戯《たわむ》れに恋もするが、思いは都の恋人にあり、けっして旅を楽しんではいない。数々の名勝で彼が詠むのは、本命の恋人への思いと望郷の念ばかりであった。

旅編の全体が羈旅歌の世界観で構成されており、詠まれた歌も実に七割ほどが羈旅歌と呼べるものなのだ。

こうしてみると、作者が万葉集のスタイルを伊勢物語に持ち込んだのは、かなり意識的な試みだったと思える。

では、その狙いはどこにあったのか。

作者に尋ねることはできないが、結果から見れば効果は抜群であった。

当時、和歌ルネッサンス・ブームが来ていたことはすでに述べた。シンボリックな万葉集をなぞることで平城天皇の孫・業平の歌人としてのイメージがいっそう引き立ち、彼のステイタスも高まっていた。

そんな盛り上がりのなかで、いったんは途切れかけた上代の和歌の手法をリバイバルすることで、古式ゆかしく切ない恋歌のやりとりが、平安期読者の胸にも新鮮に響いたと思われる。

加えて、この旅編あたりからは、各段を読んでいくうち、知らず知らずに和歌のメソッドや事物・景観・故事の取り入れ方が身についてゆくようになっている。歌のお手本としても読めたであろう。

では、具体的に旅編の各段を見ていこう。

かへる浪【第七段】

第七段は皇孫らしい旅の始まり。旅のルートは聖武天皇の東国御幸《みゆき》をたどり、歌も聖武帝の御歌のオマージュ

伊勢物語図〈部分〉（国文学研究資料館蔵　鉄心斎文庫）

旅編の皮切りは、都にいづらくなった主人公が東方に旅するさなか、伊勢《いせ》と尾張《おわり》のあわい（間）の海辺をゆく話である。

当時の読者は、上記のデータを聞いただけで聖武天皇の〝東国御幸〟を連想したことであろう。主人公は、臣籍降下させられたといっても皇孫である。ロイヤルファミリーが東の方向におでましとなれば、まず思い出されるのは上代のこの御幸なのである。

聖武天皇の東国御幸の目的はわかっていないが、

〝朕《ちん》は思うところがあり、関東へ行こうと思う〟

と仰せられ、お伴たち一行とともに都（平城京）をあとにし、東に向かわれた。その折、一行は伊勢から尾張の海辺ルートを進んだ。

このエリアは、それより遥か昔には朝廷勢力の末端であった。伊勢と尾張の二つの国は、大いなる河によって分断されていたのである。

この地勢から、上代の王朝では河を境に伊勢は勢力圏内であるが、尾張は支配圏の終端、つまり〝終わり〟の地ともいわれていたという。

現在木曾三川《きそさんせん》と呼ばれている大河の木曾川（古代は広野《ひろの》川、一部は境《さかい》川）・長良《ながら》川・揖斐《いび》川が伊勢湾奥《わんおう》で編み目状に合わさり、巨大な河口とも江ともつかない水境を形成していた。砂州と湿地が延々と続き、目に入るのは水また水で、対岸は遥かに遠い。

大河に隔てられて先行きの見えないロケーションだからこそ、都からの旅人たちにはこの二国の〝あわい〟を行くときに望郷の念が強く萌《きざ》した。これも、いまでは忘れられかけた当時のコモンセンスであろう。

東国御幸のとき、聖武天皇が伊勢側の朝明頓宮《あさけのとんぐう》（いまの四日市《よっかいち》あたりとされる）あたりで都を思う御歌を詠まれたのには、そんな事情が影響している。

天皇は、すでに通り過ぎた名所〝吾《あが》の松原《まつばら》〟と干潟を振り返りながら次の御歌を詠まれた。

妹に恋ひ　吾の松原見渡せば
潮干の潟《かた》に　鶴《たづ》鳴き渡る
（《妻である》あなたを思い、伊勢の名勝〝吾の松原《私が待つ原》〟を見渡すと、遠浅の干潟を、鶴が《都の》妻を慕って鳴きながら渡ってゆく）

この御歌は、万葉集の巻第六・雑歌に収載されている羈旅歌である。
当時は、鶴の鳴き声は天に届き、思いを人に届けると捉えられていた。帝は旅路で都を思い、妻を恋う。
対して伊勢物語の主人公は、ちょうどこのエリアで都を思い、彼にしてみれば八代前の祖先・聖武天皇の御歌へのオマージュの如き歌を詠む。
聖武天皇の歌に詠まれた鶴の古語は〝たづ〟であるが、伊勢物語には〝浪のいとしろくたつをみて〟歌を詠んだと記してある。これも言葉遊びか。都のほうへ寄せ返す白い波濤から、都へ渡る白い鶴を連想して詠んだともとれる書き方である。

いとどしく　すぎゆくかたのこひしきに
うら山しくも　かへるなみかな
（遠浅の海が、現れては矢継《やつ》ぎ早《ばや》に過ぎてゆく。いったんは離れたその潟へ《片恋をしていたあの頃

へ、そして恋しい人のいる都の方角へ》帰れるあの浪がうらやましい)

元の歌もオマージュも、通過した干潟を振り返り、都と恋人への思いを吐露する羇旅歌である。伊勢物語作者は、東国御幸の故事やロケーションの意味を踏まえた読者を対象に、第七段を書いている。

逆にいえば、当時は常識であったこれらの情報を踏まえていないと、歌意はごく表面的にしか伝わらない。そこで、拙稿『令和版・全訳小説　伊勢物語』では、あえて全体像を把握できるように、上記の事情や原文にない聖武天皇の歌も書き添えてある。

小説では触れなかったことだが、作者は〝伊勢と尾張のあわい(旧仮名遣いであはひ)の海〟を〝鮑《あわび》〟と掛けて洒落てもいると思われる。伊勢は海産物の名産地で、鮑はその代表格なので、掛詞ふうの言葉遊びも持ち込んだのだろう。作者の旺盛な遊び心が、このあたりにも表れている。

上代から古代の人々は
火山の噴煙にも燃え立つ恋心を重ねていた。
慕情が切ない第八段

続く第八段の旅の題材は、信濃の浅間の嶽である。

火山・浅間の嶽から立ち上る煙を旅路で目にした主人公が歌を詠む。

現代の作家なら、火山を何に喩えるだろう。灼熱の地獄や、悪を焼き尽くす神の火などは誰でも思いつきそうである。

が、いにしえの歌人に〝火山〟のテーマを与えたならば、すぐさま出てくる答えがもう一つあった。

〝火山＝燃える恋〟である。

恋とは、なんともロマンチックではないか。この頃の恋は、熱い心がマグマのように噴出し、炎の群れが烈火となって岩をも溶かし、雲さえ焼き焦がすまでのものだったのだろう。

上記の方式に則り、上代から古代の人は富士山さえも恋を語るツールにした。現在は三百年余にわ

浅間の嶽【第八段】

伊勢物語図〈部分〉（国文学研究資料館蔵　鉄心斎文庫）

たって火山活動を休止している富士も、奈良時代から平安時代にかけてしばしば噴火する現役であった。霊峰だけに、高く尊き神々しさも歌われているが、噴火・噴煙は激しい恋やくすぶって煙を立てる思いに喩えられている。

それらの前例に倣《なら》い、〃火山＝恋〃のセオリーを応用展開したのが、この第八段である。

主人公の貴公子は、浅間の嶽の噴煙に自らの悲恋を重ね合わせて詠んでいる。

しなのなる　あさまのたけに　たつ煙《けぶり》
をちこち人の　見やはとがめぬ

（信濃にある浅間の嶽に立つ噴煙を、彼方此方にいる人らは気づいても見過ごすのだろうか。《もしそうであれば、私の燃えるような恋も見過ごして欲しかった》）

……と。

浅間の嶽から立つ煙を珍しく眺めるのは初めて目にする旅人だけで、眺めに馴れている彼方此方の人々は注視したりしない。

貴公子は、自身の許されぬ恋を思い合わせ、燃え立つ恋の煙を周囲が看過してくれなかったことをやりきれなく思う。

そのぶん、周囲のことはスルーして堂々と煙を吐き続ける山をうらやむ。

景観の雄々しささえも主人公の傷心につなげることで、物語としては前段からの哀感が増してゆくのである。

名シーンがパッケージされた第九段。アートとなって語り継がれた〝東下り〟の四景は必見

伊勢物語の第九段は、アートの面でも必見、必読の段である。

伊勢物語のハイライトシーンが千年余り前から絵画化されてきたことは第二章に記したが、この段からは四景の名シーンが生まれている。

第九段は通称〝東下り〟と呼ばれており、旅のエピソード四編が詰め込まれている。エピソードのそれぞれにも通称がつけられているのだから、各編が親しまれてきたことは疑いもない。いってみれば、四分した枠に豪華な素材を詰め合わせた松花堂《しょうかどう》弁当のような段である。

〝東下り〟に含まれる四編のエピソードは、下記のような通称で知られている。

●八橋
●宇津の山
●富士の嶺《ね》
●隅田川《すみだがわ》

琳派の絵師たちも、この四編の四景を格好のモチーフとして競うように描いている。いずれもスケール感と煌びやかさ、哀感があいまった名画が多い。

東下りの各景は、冊子や色紙、軸に仕立てられただけでなく、屏風の名作も残っている。

《八橋》

●酒井抱一『八ツ橋図屛風』（出光美術館蔵）

●作者不詳『伊勢物語図屛風（八橋図）』（大和文華館蔵）

●尾形光琳『燕子花図』（根津美術館蔵）

●尾形光琳『伊勢物語八橋図』（東京国立博物館蔵）

《宇津の山》

●伝 俵屋宗達『蔦の細道図屛風』（相国寺蔵）

●深江蘆舟『蔦の細道図屛風』（東京国立博物館蔵）

《富士の嶺》

●伝 俵屋宗雪《そうせつ》『不二山《ふじさん》図屛風』（出光美術館蔵）

大画面の屛風になると、画もさらにダイナミックかつ華麗である。

まずは紀行文として、四編それぞれが東国の名所や印象的な景物を含んでいたことが、好んで画像に立ち上げられた理由のひとつであろうが、それだけではない。

賓客を迎える座敷の彩りにふさわしく典雅なのは、主人公が単なる上流貴族ではなく、皇孫ならではの気品を有しているからであろう。

絵画化も盛んであったが、能・謡曲『杜若《かきつばた》』や『隅田川』にアレンジされているなど、この第九段はアートシーンにも影響を及ぼしており、その意味でも極めてポピュラーな古典なのである。

八橋【第九段】

伊勢物語図〈部分〉（国文学研究資料館蔵　鉄心斎文庫）

《八橋》のカキツバタ群生は、恋人や友に見立てられており、《宇津の山》は指折りの難所であった

四編のエピソードについては、それぞれが有名なので、諸訳をご覧になっている方も多いと思う。そこで本稿では、つい見逃されがちな当時のコモンセンスや、新たにわかったことに的を絞り、ごく簡単に触れておく。

《八橋》

【要約】……主人公とその一行は、三河《みかわ》(現在の愛知県東半部)の〝八橋〟の地で燕子花《かきつばた》の群生が咲き誇る水景と出会う。彼らは絶景に見惚れながら、水の畔《ほとり》で旅の心を歌に詠む。

ここで詠まれた歌は下記である。

から衣　きつつなれにし　つましあれば
はるばるきぬる　たびをしぞ思ふ

(唐衣《からごろも》《船来の高級な上衣》を着て睦《むつ》まじく寄り添っていた妻《恋人》が《都に》いるからこそ、ずいぶん遠くに来てしまったと、旅に物思いをするのだなあ)

この歌が、言葉遊びの技巧を凝らしたものであることはよく知られている。「〝かきつばた〟の五文字を各句の頭に置いて、誰か旅の心を詠めよ」と同行の友が余興を提案したので、主人公の貴公子がそれに応じて詠んだのだ。衣服に関する掛詞が多く含まれており、それも洒落の一つである。

が、ここで忘れないでいただきたいのは、主人公の歌のテクニックの可否ではない。一行がこの歌を聞いて涙を流したことなのだ。

なぜ、この歌に皆が泣いたのか。《八橋》エピソードの核心は、実をいえばそちらにある。訳には書かれずじまいになりがちなのだが、ここで群生していた花が燕子花であることと、それは関係するのである。

燕子花は、上代から若々しく美しい人（恋人、友など）に喩えられていた。万葉集でも、燕子花が詠まれた七首のうちの六首は花を慕わしい恋人や友に見立てた歌である。

かきつばたや菖蒲は、花一房をか細い茎が支えて立っている。花が顔に、茎が首から胴に、葉叢《はむら》がか細い腕のように見え、その風情も人の立姿に似ている。

つまり、同行の友が「燕子花の五文字を詠み込め」と発注したのは「恋人や友を詠め」といったに等しいのである。

旅の心を詠むことも条件なので、主人公はここも羈旅歌で応じた。

燕子花の群生に出逢い、そもそも一同は都の慕わしい人たちの姿を想起していた。共通の感傷があったところへ、都の恋人を思う歌を主人公が詠んでみせたことで共感が増し、その場の誰もが涙したのだ。

燕子花や菖蒲が愛しい人の姿を思わせることは慣用句にもなっているので、ご存じの方も多く、いまなお周知のことと思われており、それゆえ訳文からは省かれがちで、ここに重きを置いているものを見ない。

だが、歳月は共通概念を変え、慣用句や言葉にまつわるコモンセンスを少しずつ消してゆく。同様なことが千年積み重なった結果、伊勢物語が直訳では読みにくくなっていることを、あらためて注記しておきたいと思う。

《宇津の山》

【要約】……旅の一行は、駿河《するが》（現在の静岡県東部、中部あたり）の宇津山にさしかかる。通う人も少ないのか、細い山路は蔦に覆われ心細い。そこへ知人の修行僧が通りかかり、主人公は都の恋人への歌をしたため、彼に托《たく》す。

続くエピソード《宇津の山》は、直訳を要約すれば上記の如くだが、やはり、これだけでは肝要な部分がすっぽり抜け落ちてしまっていると言わざるを得ない。

なぜか。

諸国には、山道が数多くある。ところが作者は、あえてこの宇津の山を話の舞台にセレクトしている。

物語の舞台は、たいてい理由があって選ばれているものだ。これも往時の読者には言うまでもなかったことだが、宇津山越えの道は東国へ向かうルートのなかでも、最大の難所として知られていた。

この山越えの道を「いとくらうほそきにつたかへてはしけり（いと暗う細きに蔦、楓は繁り）」とするこの段の描写から、後世には〝蔦の細道〟とも呼ばれた。

都の人にも難所だと知れていたので、宇津山にさしかかった旨を通知すれば、主人公の〝辛さアピール〟の深刻さが伝わったのである。

この危険な道は、安土桃山《あづちももやま》時代に新たなルートが開かれる1590年まで難所として有名であった。それ以降は廃されたため、江戸時代に絵画化されたときには、まさに幻の道であり、名所は絵のなかで復元されたことになる。

それはさておき、主人公はここで都の恋人に宛て、下記の歌を托した。

するがなる　うつの山べのうつつにも
ゆめにも人にあはぬなりけり

（あの駿河の宇津の山辺というのは、《周知の通り険しく、人が入りにくいので》現実に

宇津の山【第九段】

伊勢物語図〈部分〉（国文学研究資料館蔵　鉄心斎文庫）

も夢にも人に会わないところですよ）

もうひとつ、夢についても当時ならではの見方をここで補足しなければ、歌意は十全には伝わらない。

上代から古代の人は、魂が夢でデートできると信じていた。それは大げさだとしても、少なくとも和歌のレトリック上、このフォーマットは生きていた。

相手を慕っていると、相手の夢に自分の姿が現れる。相手が思ってくれていれば、夢に相手の姿が現れる。

現実的には遠距離恋愛でも、魂はさまよい歩き、思い合っていれば夢で逢えるとするのである。恋愛のみならず、家族や友人との交情でも同様だ。

先刻の歌にも、夢でのデート・レトリックが使われているので、歌の深意は次のように読める。

するがなる　うつの山べのうつつにも
ゆめにも人にあはぬなりけり

（あの駿河の宇津の山辺におり《話に聞く難路に直面して何があるかもわからない。そんなときなのに》、現実にはもちろん、あなたは夢にも現れてくれない。もう愛してくれていないと思うと辛い）

主人公は旅先から都の恋人に泣き言を届け、哀訴したのであった。

蛇足ではあるが、むろん、歌には言葉遊びも施されている。宇津山の〝うつ〟の響きと、夢と現《うつつ》の

〝うつつ〟を重ね、作者は読者を夢幻の世界に誘ったのである。

《富士の嶺《ね》》で議論されてきた〝しほしり〟とは何だったのか。定家も迷った疑問を解く

続くエピソードについても補足しておきたい。

《富士の嶺》
【要約】……主人公は富士を見て歌を詠む。富士山の大きさは比叡山《ひえいざん》が二十入るほどで、形は〝しほしり〟のようである。

この編では、かねてより議論の的となっていることがある。

要約に記したように、文中には富士のフォルムの喩えとして〝しほしり〟のようであると書かれている。

この〝しほしり〟が何を指しているのかがわからず、平安時代から各種の推論がある。

何と、この件に関しては藤原定家も判定しかねていたのである。

彼は伊勢物語を書写しながら、この〝しほしり〟に関し、欄外に次のような注を添えている。この注も解釈が難しいのだが、おおむね下記のようである。（訳と補足は筆者）

「ある説によれば、塩尻壺塩《つぼしお》というものがあり、その尻がこの山に似ている。《〝尻〟という》ことばが下卑で、この伊勢物語は好んで卑しい言葉を使うため、寂蓮《じゃくれん》(歌人。藤原俊成《としなり(しゅんぜい)》の養子。定家の従兄弟で血の繋がらない兄弟)はこの説を信じて用いている。或る本はしりほしのと写している。が、それは作法が通らない。先人は、たとえ塩のことといえども《尻の語は》凡《およ》そ卑しいものなので、その手の言葉は用いないようにとの命に従い、用いないよう心得ていたはずだ。昔からこのことを疑問に思って尋ね問う人がいるが、確かなことはわからない」

念のため、原文も載せておく。

或説云　塩尻壺塩といふ物あり　其尻似此山　此語之習故好卑詞　寂蓮殊信用此説　或本はしりほしの　先人命縦雖為塩事凡卑也　不可用之　心えすとてありなん　往年有尋問人答慥不知由云々

定家にも判然としなかったことなので、以下のように、後世にもさまざまな論が出た。

- **壺塩という固まった塩があり、その形に似ている**
- **塩を焼くときしたたる物が固まると山の形に似ている**
- **塩尻は近江富士の異名で、その山に似ている**
- **河口を川尻というので、塩尻は汐じりで浪の寄せるところである。その形に似ている**

等々、いまに至るまで諸論があった。

現代の諸訳では、〝塩田で円錐《えんすい》形に盛り上げ、水をかけて乾すと塩分が固まる。その砂塚の様子を喩えたもの〟とするものが多い。これは江戸中期の国学者・天野信景《あまのさだかげ》の説をなぞったものである。

この説にも無理がある。伊勢物語の頃の塩づくりには、まだ塩田が用いられていなかったのである。

さて、そこで私も今回この解をさぐるうち、明解に行き着いたと思えたので、ここに落着点として述べておきたい。

定家が初めに書いた説がもっとも正しかったのである。

上代には〝塩壺〟と呼ばれる固形の塩があった。（『平安時代史事典』角田文衛編　角川書店）

原始～上代の頃の製塩方法は、干した海藻についた塩分を海水に溶かして濃い塩水（鹹水《かんすい》）にし、これを素焼きの土器に注いで煮詰める方法であった。

製塩地から消費地まで、この土器に塩を入れたまま運んだ。

現代では、遺物となったこの素焼き土器を『製塩土器』と呼んでいる。

この製塩土器には、漏斗《ろうと》状、ゴブレット状、逆円錐形などさまざまな形がある。この形式には時代別の特色があり、地域にもよるが、都の近くである生産中心地・瀬戸内や和歌山の産地では、奈良時代に脚台（ステム状の部分）が消え、碗《わん》状や丸底のすり鉢状の形となるのだ。（＊図A参照）

製塩土器は、平安前期を境に姿を消してしまう。というのも、鹹水を煮詰めるためには鉄釜が用いられるようになってゆくためである。

奈良時代から平安前期といえば、ちょうど伊勢物語の時代である。この頃のみに現れた丸底のすり

図A　製塩土器型式概念図（地域・時代別）

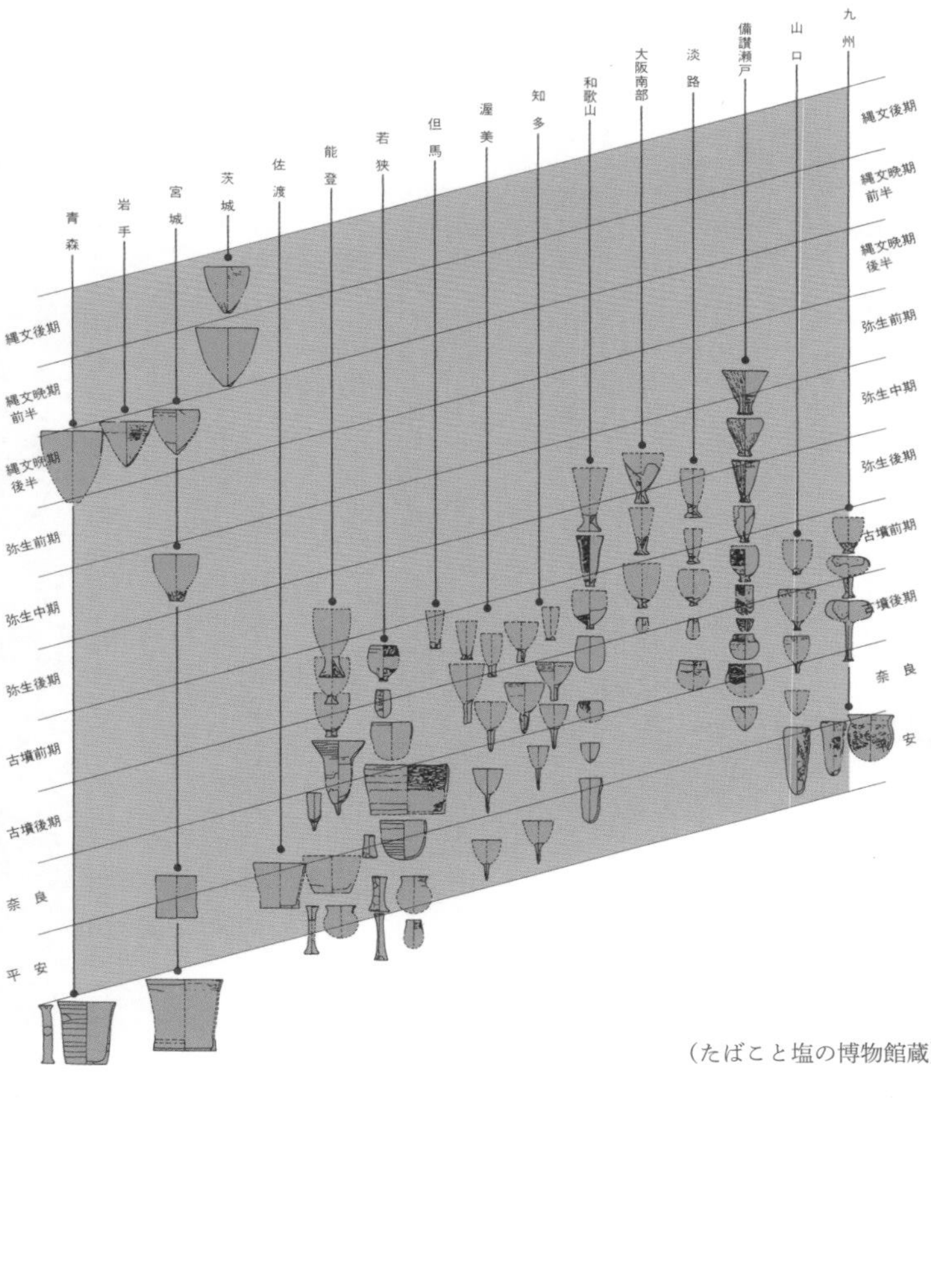

（たばこと塩の博物館蔵）

鉢型の製塩土器こそ、物語が語るところの〝しほしり〟であろう。

定家の注釈のトップにある情報は的を射ていたのだ。

ところが、彼は断定をしておらず、むしろ懐疑的であった。

その理由としては、〝尻〟の語が卑しく下品だと繰り返し述べている。

上流貴族の定家としては、品のない言葉には厳しかったのだろうし、実際、彼らは〝尻〟を勝れた景物の描写には用いなかったのだろう。雅びな物語の作法に外れているとして退《しりぞ》けたのも当然であろう。

だが、物語の原文に立ち戻ってみればどうか。原文には〝しほしり〟と仮名で書かれており、塩尻とは記していない。

しりは末、つまり土器の底側を指すのであろう。すり鉢型の土器の形は、底にかけて絞られている。

陶芸用語では、作陶の段階で口を絞《しぼ》る、胴を絞る、あるいは窄《しぼ》ませるという。また、底を糸で切り離す工程は〝しっぴき（尻引き）〟という。

この〝しほしり〟は、濁点を入れるなら〝しぼしり〟で、末《しり》、つまり底《しり》が絞られた製塩土器の形を意味していたのであろう。

〝しり〟を末と解釈すれば、表現が下卑ているとした定家の懸念も消える。

百聞は一見に如かずというが、大阪府で昭和五十二年に発掘された小島東遺跡の製塩土器（＊写真1、2）等をご覧になると、富士山に似た形状に得心されると思う。いまはサイト上に製塩土器の情報が溢れているので、ぜひ検証してみていただきたい。

写真１

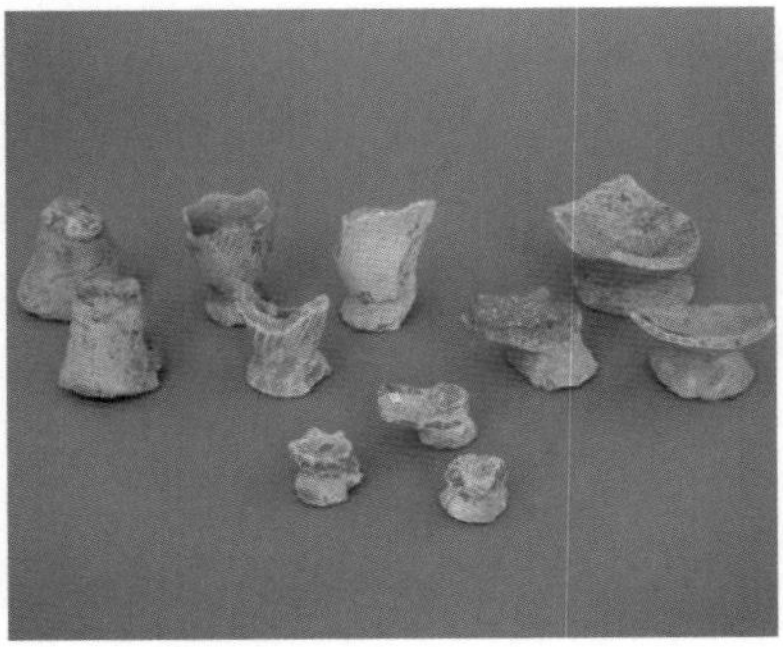

写真２

大阪府教育庁文化財保護課

定家の頃は平安後期から鎌倉初期で、すでにこの期の製塩土器は廃《すた》れており、もちろん遺物の写真も、塩作りの年代の系統だった分類もなかった。

現代はＩＴ時代だからこそ、千年の時代を超えて謎を解く手がかりも見つけやすい。

リサーチの効率が近年飛躍的に上がったことも、新解釈の伊勢物語訳を試みた契機のひとつである。

警察の特別警戒地域だった武蔵野《むさしの》。
さらにその先の国に行くため
大河を渡るのは心細かった

東下りのラストは、舟で隅田川を渡る話である。

《隅田川》

【要約】……一行は武蔵野（現在の埼玉県、東京都・神奈川県の東部あたり）と下総《しもうさ》の間のすみだ河をわたる。初めて見る鳥がいたので渡し守に鳥の名を尋ねると〝都鳥《みやこどり》〟だといわれ、都が思い出されて皆、涙する。

この《隅田川》編でも、作者がこの地を舞台に選んだ意図を補足してみよう。

伊勢・尾張の海辺や宇津山の例で見てきたように、上代から古代の旅には地勢が大きく影響していた。

すみだ河は、現在の隅田川とは流路もかなり異なり〝いとおほきなる河〟であった。大河は常に旅路を遮《さえぎ》る。渡ろうにも橋などなく、頼みの綱は渡し舟である。

さらに、踏まえておきたいのは河の両岸の国の状況である。

手前の武蔵国は、伊勢物語中のこのエピソードの時期と比定される貞観《じょうがん》（859〜877）の頃には、治安が乱れており、肝心の国司《こくし》（長官）までが乱を起こすありさまだった。

加えて、武蔵野ではこの頃、治安維持のために置かれている軍事警察機構・検非違使《けびいし》が増強され

隅田川【第九段】

伊勢物語図〈部分〉（国文学研究資料館蔵　鉄心斎文庫）

た。通常は各国ごとに置かれている検非違使を、武蔵野ではとくに国内の各郡ごとに置いている。旅人にしてみれば、不安な要素が大きかったであろう。

対岸の下総国（現在の茨城県西部と千葉県北部あたり）は、その武蔵野からさらに河を隔てた遠地であるから、心細さも勝る。

都への思いは、自らが苦しいときこそいや増すのである。

さらに付け加えれば、ここに登場する《都鳥》は姿から見てユリカモメだと推定されている。

このことから、この一編の季節が推定できる。

ユリカモメは渡り鳥で、カムチャツカ半島と日本を行き来している。日本の関東あたりにいるのは十月～四月。ただし、ユリカモメは、冬羽と夏羽がある鳥なので、三月頃から少しずつ羽根が生え替わり、頭部が黒くなる。四月には頭が黒い鳥となる。

そこから推定すると、このエピソードは秋から冬期のできごととなる。一行の前に、河は広く冷たく横たわっていたのだ。

かつては常識だった雁《かり》の生態や習性をあらためて記さなければ第十段は訳しきれない

第十段は、主人公が武蔵野の女性の婿候補と目される話である。

ここでは、和歌の訳にフォーカスしてみよう。

女性の母親はこう詠んだ。

みよしのの　たのむのかりもひたぶるに
きみがかたにぞ　よるとなくなる
（みよし野の田面《たのも》の雁も、ともかくあなたの方に寄るとひたすら鳴いています）

この訳だけを見ると、田で雁が鳴いていることが、なぜ歌にまで詠まれるのかと、現代人の多くは首を傾げるのではないだろうか。

だが、雁に関して次のような情報を知っていればどうだろう？

●雁のつがいは睦まじく、生涯連れ添うとみられることから夫婦にたとえられる
●田などの水場では互いに寄り合う姿がほほえましく見られる
●雁の鳴き声は男女の呼び合いや妻問《つまど》いに通じるとされている

上記の情報は、当時の人々の頭には常識として入っていた。雁の生態・習性が共通データとして皆に知られていたので、歌はこう解された。

みよしのの　たのむのかりもひたぶるに
　きみがかたにぞ　よるとなくなる
（みよし野の田面の雁《あなたと夫婦になることを頼みにしている我が娘》も、ともかくあなたの方に《心が》寄るとひたすら鳴いています）

上代から古代の人々は、現代の我々よりもじっくりと動植物を観察し、その習性を人間の行動と重ね合わせ、あるいは比べ、喩えて興じていた。

こういった動植物が想起させる「お約束」は、和歌のノウハウの一つでもあったのだろう。

この段で登場したのは雁であったが、『令和版・全訳小説　伊勢物語』を書くにあたっては、全編にわたり、忘れられゆく「お約束」の補遺が欠かせなかった。

動植物の生態が絡む「お約束」は、あらためて知ってしまえばすぐに身につくものなので、小説ではさらりと読み進んでいただけると思う。むしろ万葉集など、より古い歌を楽しんでいただくきっかけにもなることを願う。

力学の話まであった伊勢物語。どっちつかずの恋を平衡をとる馬具にたとえた第十三段

第十三段では、主人公が旅先の武蔵野から都の恋人に「言うのも恥ずかしいが、言わなければ心苦しい」とだけ書いた手紙を出す。

手紙の表書きに、彼は〝武蔵鐙《むさしあぶみ》〟と書いた。

それを見た彼女からは、彼をなじり、すねる手紙が返ってきた。

「ほかの女性が気になっているのね。心を移したことをわざわざ報告してくるなんて、ひどい人。嫌になる」と。

〝武蔵鐙〟と聞いただけで、当時の人は即座に〝同時進行の恋〟と理解したのである。

ここにも、現代には伝わっていない共通概念がある。

さっそく種明かしをしてみよう。

鐙《あぶみ》とは馬具のひとつで、鞍《くら》の両サイドにぶら下がっている足掛けをいう。自転車のペダルのように、両足を乗せて体重をかけ、バランスを取るツールである。

平衡を取るために、双方の鐙にかける体重を加減する。馬の鞍をまたぎ、両側に足を掛けるので、

〝二股《ふたまた》をかける〟ことや〝両天秤《りょうてんびん》〟に通じたのである。

こんな力学絡みの知的な言葉遊びも、伊勢物語には盛り込まれていた。平安前期だから〝古い〟とはとてもいえない。

この平衡を用いたウィットの話は、二十八段や三十四段にもある。ことに三十四段には『令和版・全訳小説　伊勢物語』で初めて解けた謎がある。本稿でも後述するので、ぜひ併せてご覧戴きたい。

ちなみに、武蔵野は馬の名産地であった。いまでいうなら、ハイスペックの高級車が揃う異国から、トレンドの装備を詠み込んだ手紙を書き送ったというところであろうか。

女性も馬具を詠み込んだ歌を返しているから、さすがに洗練されたセレブリティらしい。

信夫《しのぶ》山の地名から解けた第十五段の謎。非凡すぎる女性の秘密は蝦夷《えみし》の血筋にあった

第十五段は〝東下り〟旅編の最後のエピソードにあたる。

この段で、主人公は陸奥国《むつのくに》の信夫山で人妻に出会う。平凡な男の妻なのに、彼女はいかにも尋常ならぬ魅力の持ち主である。

主人公はその謎めいた魅力に惹かれるが、並外れた女性のスケールを不思議に思い、歌を詠んで「あなたの心を見てみたい」と訴える。

彼女は喜びながらも〝思い慕われる類の性質ではないえびす心を見られたらどうしよう〟と悩む。

問題はこの〝えびす心〟の部分である。

現代の諸訳を見ると下記に近い形で訳されている。

・いなかじみた無教養な心
・見苦しいいなか女の心
・いなかじみたやぼな心

要するに、女性は自らの田舎っぽさを恥じていると訳しているのである。

物語の作り手の目で見ると、この展開は不自然だ。なぜなら、この手の訳では、表向きは非凡だが内心は田舎ふうの女性に主人公が心を寄せたことになり、種明かしとして興がなさすぎる。

さらに、よく見れば作者はこの短い段のなかに、きちんと事情を述べているのである。

彼女のプロフィールのなかで、落としどころのキーポイントになるのは

●信夫山の女性
●えびす心の持ち主

である。

古代史の好きな方なら、信夫・えびすの二条件が揃ったことで、すでにお気づきかと思う。

この信夫山は、現代の福島県福島市にある。東北地方の磐城《いわき》、亘理《わたり》、信夫、牡鹿《おしか》、栗原《くりはら》などのかつての各郡は、大和朝廷の勢力が蝦夷勢力とせめぎあった地域であった。

信夫郡は八世紀に入ってから朝廷によって置かれた。その頃は、福島の白河関《しらかわのせき》と勿来関《なこそのせき》が蝦夷の地との境であり、信夫は関所より北の、関外の拠点であった。

その後、境界線は宮城《みやぎ》の以北へと北上してゆき、同化も進んでいった。伊勢物語中の頃は、福島あたりでは征夷の抗争が落ち着いて半世紀といったところであった。

この経緯《いきさつ》をご覧になれば、この段の〝えびす心〟の意味は明白である。

ここで登場する女性は蝦夷（夷《えびす》）か、あるいはその血を引いており、主人公から見れば（同化はしているものの）異民族の血を持つ者であった。それゆえ、知らずにいる主人公には、文化の違いが素晴らしく謎めいて見えた。

女性はもちろん自らの出自を心得ている。蝦夷といえば、毅然として朝廷にはまつろわぬ（服従しない）者である。勇猛で自らの文化は捨てない。

こんな女性だからこそ主人公は心を惹かれたし、女性の方は、手に負えない心の持ち主であることを自認し、愛しい人に知られたらどうしようかと悩んだのだ。

羈旅歌ではじまった〝東下り〟編であるが、この最後のエピソードには、都への思慕はなく、歌も羈旅歌ではない。

この編を上記のように解きながら、作者が旅編に社会的な題材までを盛り込んでいることに、私は驚かされた。

珍しく、この段には滑稽さも皮肉もなく、（ほかの段では垢抜けない女性を辛辣に描いたりもしているが）むしろダイバーシティを思わせる新たな世界観がある。

旅編の最後にこのエピソードを持ってきた作者に、盛大な拍手を贈りたい。

【第四章】

都に戻っても報われなかった恋。皮肉をこめた歌遊びで心を晴らすしかなかった主人公

伊勢物語の第十六段からは、舞台が都に戻っている。この後六十八段まで、主人公は気が晴れないままの日々を続ける。

華やかに女性たちと浮き名を流しはするものの、主人公が愛しさをこめて向き合うのは、本気の恋をして引き裂かれた、既出の元北家令嬢、多賀幾子と高子の二人のみである。

物語の内容としては、本気の恋を回想する六十五段がこれらの段のなかではクライマックスになる。

愛することができなかった女性たちとはおざなりである。が、シニカルなやりとりや歌の戯れには、そのぶん技巧が凝らされる。これら各段の巧みな応答は、それこそ歌の格好のマニュアルとして評判になったことだろう。

モデル・業平を取り巻く史実絡みの実情としては、第十六、三十九、五十八段が見どころである。この三段について、筆者は史料を参照しつつ、国文学史上されていない、まったく新しい解釈を試みた。これらについては後に詳述する。千年を超えて、『令和版・全訳小説　伊勢物語』で作者の意図がようやく蘇ったと自負しているが、いかがであろうか。

さらに、第五十段の解釈も従来とは全く異なる。第三十四段についても新たな発見があり、はじめて完訳となったと思う。

そのほか、従来の訳を刷新した箇所は六十七、八段ほか挙げきれないほどになった。

業平の親友・紀有常は藤原北家とのパワーゲームに敗れ、第十六段で北家出身の妻を厄介払いした

第十六段は、紀有常の話で始まっている。

にわかに登場するので、この人の立ち位置がわかりにくいが、彼は業平の親友である。

彼も当時のセレブリティで、巷では知らない人がいなかった。彼を取り巻く周辺事情についてもよく知られていたので、物語では説明が省かれたのであろう。

そのせいもあってか、作者の意図に反してこの段は従来の諸訳で〝紀有常が長年の妻への別離の際に愛情を示した〟段とされている。

ところが、有常の状況を踏まえて話の構成を見ると、実はまったく逆で、ここは紀有常が妻を厄介《やっかい》払《ばら》いして嬉し涙を流し、喜んでいる段なのである。

なぜそうなるかを知るには、紀有常のバックグラウンドから見ていただきたい。

この有常は、文徳帝の世継ぎ争いに絡み、一時はあの藤原北家・良房の座を揺るがしかねない存在として有名な人だった。

有常の妹・静子が、文徳帝が皇太子の頃に入内し、帝として即位されたあとは更衣となった。静子は帝の最愛の女性であり、彼女が産んだ第一皇子・惟喬《これたか》親王にこそ、文徳帝は位を譲りたかったのである。

ところが、帝の思いとはうらはらに、藤原良房は、娘の明子を女御として入内させ、その皇子・惟《これ》

仁《ひと》親王が乳児のときに皇太子に推し立てた。

いまでいう〝ごり推し〟である。

惟仁親王があまりにも幼いので、帝は惟喬親王をまず立てて、惟仁親王への橋渡しをと望まれたが、その望みさえ叶わなかった。

惟喬親王が帝となっていたら、伯父の紀有常も栄華に浴していたであろう。業平は有常の親友だったので、彼にもメリットがあったはずである。

が、藤原北家とのパワーゲームで弾き出されたことにより、有常の淡い夢は断たれてしまった。彼はソフィスティケートされすぎて、そもそも争いごとには向かず、太刀《たち》打《う》ちなどできようもなかったようである。

追い打ちをかけるように、文徳帝がにわかに崩御してしまう。これにも、良房が暗殺の黒幕ではないかと物騒な噂がある。ちなみに、紀有常は、文徳帝の崩御のおよそ半年前に遠方の肥後《ひご》（現在の熊本県）に転属させられており、これも疑いの目で見れば、良房が追い払い、有常の留守を狙ったかとも見える。

ともあれ、帝という頼みの綱も失ってしまった有常は、以後時流から外れ、藤原北家からは睨まれ、冷遇された。

上記の事情を知れば、紀有常が伊勢物語に登場する意味も知れてこよう。藤原北家が仇役であるのに対し、紀有常は業平サイドのキーパースンである。

藤原北家に対しては、二人とも大いに思うところがある。紀有常と業平は、互いに愚痴をいい合い、慰め合う仲であった。

さて、そこで本題に戻ってみよう。

第十六段は、この紀有常と彼の長年の妻の話である。

この妻が尼になることになった。心から好きになったことはない妻であるが、別れに際し何かは贈りたい。だがすでに凋落《ちょうらく》していた有常には持ち合わせがない。彼は物語の主人公の貴公子（業平）にフォローを頼む。貴公子はアシストし、夜具も含めて必要な品々とともに歌を贈る。有常は喜び、礼にと二首も返歌を詠む。

……といった内容である。

ここで従来の諸訳を見てみると、

〝紀有常は愛する妻と別れるのが悲しかった〟

〝愛しい長年の妻に、紀有常は別れの贈り物をすることができた〟

等々、有常が連れ添った妻を愛していたように訳されている。

これはいずれも的を外れている。

まず、文中を見ると、有常は妻を評して〝まことに睦まじきことなどなかりけれ〟、つまり、仲が本当に良かったことなどないと述べている。さらに、逢ったこと（情事）も〝十ほど〟と歌に詠むほど少ない。

尼になる妻を〝あはれ〟だとも記しているので、有常が妻を大切にしていると解されがちなのだろうが、この〝あはれ〟は〝気の毒〟くらいに取るべきで、実をいえば、むしろ紀有常はこの妻と別れられてせいせいしているのである。

……というのも。

伊勢物語には書かれていない有常の妻のプロフィールを、まずご紹介しよう。

この妻は、藤原北家出身だったのだ。

彼女は藤原良房の祖父、内麻呂《うちまろ》の娘なのである。つまり、紀有常の妻は藤原良房の叔母にあたり、かなりの年配でもあったと思われるのである。

仇役の北家出身の妻を、物語中の有常がどう思っていたかは、前述の事情を合わせ見れば明らかだろう。

しぶしぶ連れ添っていた妻とは、年齢差もあり、物語中でも〝枕をともにすることもなくなっていた〟のだ。

作者としても、ここは藤原北家出身の妻を俎上《そじょう》に乗せ、料理する腕の見せどころなのだ。

歌の訳（筆者）をじっくりご覧いただけば、作者の皮肉が存分に伝わると思う。

●紀有常の歌

手ををりて　あひ見し事をかぞふれば
とお（十・遠）といひつつ　よつはへにけり
（指を折って彼女と会ってからいままでの思い出《や情事》を数えても、十ほど《それほど疎遠《そえん》なのです》。そういいながら四十は超えました《彼女の年も四十を超えたのです》）

●貴公子（業平）の歌

年だにも　とおとてよつはへにけるを
　いくたびきみを　たのみきぬらん
（彼女は歳だけでも四十を過ぎたのですよね。その重ねた月日以上に、何度もあなたを頼みの綱としてきたようですね《気持ちが遠くなっていたのに、情事も物入りも大変でしたね》）

●有常が喜び、立て続けに返した二首

これやこの　あまのは衣むべしこそ
　きみがみけ（着・消）しと　たてまつりけれ
（これこそあの例の、天《あま》《尼》の羽衣《はごろも》《彼女を別天地へ送り出す餞別》を頂戴したようだ。君がくれたあのお召物を《君が彼女との縁を消してくださって》、本当に拝み奉る）

秋やくる　つゆやまがふとおもふまで
　あるは涙のふるにぞ有ける
（露の季節の秋が間違って来たのか、それで露が置かれたのかと思うほど、降るようなうれし涙が出ます《飽きがきたのか、まったく取り違えたかと思うまで一緒にいると、女房の古さに涙も出てくるものですよ》）

こうして念入りにみてゆくと、伊勢物語の作者は思いのほか人が悪く、チクチクと人を刺すのが得意である。

紀有常は、もてあましていた藤原北家出身の妻が尼寺に去ってくれるので、飛び上がるほど嬉しく、〝おかげさまで〟と二首もの歌を詠んだ。

有常と業平は、物語のなかで北家への鬱憤《うっぷん》を少しばかり晴らしあった。ブラックユーモアが利いており、読者の溜飲《りゅういん》も下がる話の運びである。

花鳥風月の「お約束」が歌を読み解く鍵となる第十七段〜二十二段

さて、業平と紀有常は、前項のようにシンパシーを持ち合う仲であった。業平は、この有常の娘とのあいだに棟梁《むねはり》という子（長男）をなしている。

だが、この有常娘のもとには通いこそすれ、うまくいかなかったと思われる。

こう推測されるのは、彼女と思われる女性とよそよそしくなる様子が第十九段で描かれていることからだ。

十九段に有常娘の名は記されていないが、段中の女性の歌が古今集に紀有常娘作として載せられているため、この段の女性は有常の娘だと推定されている。

このことからすれば、以降の女性たちとの話のなかに、有常娘とのエピソードもあるであろうと推定される。

また、業平をめぐっては、ほかにも染殿《そめどの》の内侍《ないし》（詳細不詳。伊勢物語の冷泉《れいぜい》家流注釈に、業平次男・在原滋春《しげはる》の母とある）、左大辯《さだいべん》の娘・辯《べん》の御息所（大和物語に登場。業平が死に瀕した頃の恋人とされる）などの女性たちがいる。彼女らが伊勢物語のなかに登場しているかどうかは、材料が乏しく、いまは判断を付けがたい。

その他にも歌人や宮仕えの女性、遊女となってしまった女性など、確かに物語上も女性たちとの交情は少なくないが、結局、主人公の心はかつて引き裂かれた藤原北家の恋人たちにのみ向けられ、戻ってゆく。

が、第十七段以降では、恋の本気度が薄らぐぶん、和歌のマニュアル的な側面が強調されてゆくといえよう。

戯《たわむ》れの恋や割り切ったつきあい、互いに醒めゆく恋などの男女関係は、かえって和歌のケーススタディとなりやすい。

白菊【第十八段】

伊勢物語図〈部分〉（国文学研究資料館蔵　鉄心斎文庫）

ことに、第十七～二十二の各段では、下記のように植物や自然の「お約束」を詠み込んだ歌が交わされている。

●第十七段……さくら《桜》
●第十八段……しらぎく《白菊》
●第十九段……あまぐも《天雲》
●第二十段……もみぢ《紅葉》（かえで）
●第二十一段……玉かづら《玉葛》、わすれぐさ《忘れ草》、くも《雲》
●第二十二段……みづ《水》

読者にとっては恋の歌の手ほどきともなったであろうこの各段だが、なかには第三章の〝雁〟で補遺したように、いまでは忘れられたコモンセンスがある。

ここではそれらに絞って三段をピックアップし、レクチャーを書き添えてみたい。


まずは第十八段の〝しらぎく〟であるが、現代の諸訳のなかでは解説されていないことが多い。

これは単なる白い菊ではないのである。

当時、風流人のあいだで流行していた菊のなかに、〝移《うつ》ろい菊《ぎく》〟と呼ばれた品種があった。

移ろい菊の情報を挙げておく。

●初めは白い花だが、晩秋になると変色し、薄紫に色づく
●この花が歌とともに添えられたのは、色づく様子が恋に染まる様子や浮気なことに喩えられたため

上記の情報を知っておかなければ、この段の意味も取れない。
この段では、歌人の女性が〝菊の花の移ろえるを折りて〟主人公に歌とともに届ける。すでに染まった〝移ろい菊〟を贈ったのであって、白い菊ではない。
その歌が下記である。

紅ににほふはいづら　白雪の
　えだもとををに　ふるかとも見ゆ
（美しく色づいたこの〝移ろい菊〟の紅《くれない》の色は《あなたは色好みだそうですが、その浮き名は》どこにいったのでしょう？　枝がたわわに撓《しな》るほど真っ白な雪が積もっているように白く見えています
《まったく漁色《ぎょしょく》の兆しもなく時が経っていますね》）

主人公はこう返した。

紅ににほふがうへのしらぎくは
　をりける人のそでかとも見ゆ
（紅に染まった〝移ろい菊〟の上に白雪が積もって〝白菊〟のように見えるのなら、折ってくれたあ

なたの襲《かさね》の袖にも見えますよ《あなたこそ、心は誰かに恋して色づいているのに、白い色でそれを隠しているのではないのですか。隠れた恋をする恋多き人はあなたでしょう》）

と。

白菊をそのままに受け取って、〝紅に匂う白花の菊〟などと訳しては、解釈が成り立たないのである。

移ろい菊の「お約束」は古今集や後拾遺《ごしゅうい》集の歌にも見られ、定説である。伊勢物語のこの段ではなぜか語られることが稀《まれ》なので、『令和版・全訳小説　伊勢物語』と本稿で書き添えてみた。

続いて、春の紅葉《こうよう》が詠まれている第二十段では、楓《かえで》についての当時のコモンセンスを補っておく。楓には、新芽が赤く染まる品種が多い。二十段はその新芽を詠んだものである。

このエピソードでは、宮仕えのため弥生の頃に都に戻らなければならなかった男が、大和地方に残してきた女性と歌を交わす。

その際、男が歌に添えたのは、楓であった。

楓の常識とは

●楓の葉は蛙《かえる》の手に似ていることから〝かえるて〟或いは〝かえるで〟と呼ばれてもいた

●語呂合わせで〝帰る〟を連想させる

であった。

この段で男が楓を添えて贈ったのは、次の歌である。

君がためたおれる枝は春ながら
かくこそ秋のもみぢしにけれ

（この楓の枝は、春なのにこんなに秋の紅葉のように色づいています《〝かえるて〟の名を持つこの枝のように、あなたのもとへ帰りたい思いです。私もあなたへの恋に染まっています》）

ところが、この歌に〝秋の〟という言葉を入れてしまったために、女性は歌を別の意味に解釈してしまった。秋は〝飽き〟という意味でも多く用いられる。また、楓も都へ〝かえるで〟とも取れる。歌意は〝都へ帰るに際し、春なのにあなたに飽きがきた〟とも読めてしまうのである。

そこで、彼女は返した。

いつのまに　うつろふ色のつきぬらん
きみがさとには春なかるらし

（いつのまに、色が移ろってしまったのでしょうか。あなたの里には春がないのでしょうね《もう秋になるとは、私に飽きたのでしょう》）

この歌などは、「恋歌のノウハウとして〝秋〟の語を軽々に用いるべからず」とする、教訓のようにも取れるのではなかろうか。

また、第二十一段のある一首では花の〝玉かづら〟がキーワードとなっている。

〝玉かづら〟とは聞き慣れない響きだが、万葉集の歌にはよく詠み込まれていた植物で、玉葛とも書く。ある頃から〝玉藤〟と呼ばれるようになり、入れ替わりにこの名は消えてしまったらしい。つまりは藤のことである。

下記は、藤、こと玉かづらの情報である。

●花房が長く連なり、上から下へと連綿と咲き続けることから、吉事が永続することの喩えとして用いられた

●美人の喩え

二十一段では、恋人が家を出てしまったのを歎いて、女性がため息がちにこんな歌を詠む。

人はいさ思ひやすらん　玉かづら
　おもかげにのみ　いとど見えつつ
（あの人はどう思っているか知らないけれど、藤の花《長く連なる花房のように末永く良い日が続くことの喩え》が続々と咲いていくのが見えるのは、幻のなかだけなのね）

従来の諸訳本ではこの〝玉かづら〟をアクセサリーの玉飾りで、ネックレスのようなものだと訳しているが、誤訳である。

さらにいえば、同じ二十一段の下記の歌も、従来の諸訳では意味を取り違え、嘆きの歌としているケースが多く見られる。

が、これは状況からしておかしい。家出していた恋人が戻り、仲直りをしてから先刻の女性が詠んだ歌なので、嘆きの場面ではないのである。むしろ、のろけの歌がふさわしい。

これは、万葉集に出てくる〝雲〟の「お約束」を踏まえれば、構成と矛盾しない歌だとわかる。〝雲〟は、恋しい人の姿に喩えられることもよくあるのだ。筆者の訳は下記である。

中そらに　たちゐるくものあともなく
身のはかなくもなりにける哉《かな》

（中空に雲がまったくないと《仲が落ち着かず、家で起居していたあなたがいなかったので》私も虚しかったの《戻ってくれてよかったわ》）

見てきたように、植物や自然――花鳥風月――を和歌の言葉遊びやメタファーに用いることは、上代からの習いであった。現代人には遠くなってしまった感覚も数多い。

伊勢物語の作者は万葉集をテキストとして熟知し、伊勢物語にはやや噛み砕いて描くことで恋歌のマニュアルにしたようにも見える。恋する男女がこぞって読みたがったのも頷ける話ではなかろうか。

有名な井筒《いづつ》・高安《たかやす》の段を読むなら知っておきたい。
愛する女性を養うために
婿入りを試みる貴族男子の哀しさ

二十三段には《井筒》《高安》の通称で知られる二つのエピソードが描かれている。

前半の《井筒》も能にアレンジされており、絵師が描き、見事な工芸品『筒井筒蒔絵《まきえ》硯箱《すずりばこ》』（出光美術館蔵）も残るポピュラーな話であるが、本稿では《高安》に絞って補足しておく。

《高安》

【要約】……幼馴染みの二人が、念願叶って結ばれた。しかし、女性の親が亡くなってしまうと二人とも生計が立たなくなり、男は河内《かわち》の高安という地に通う女性ができた。昔からの彼女は男をいつも快く送り出す。

『筒井筒蒔絵硯箱』（出光美術館蔵）

不審に思った彼は、自分の留守中に新しい男でも通わせているのではないかと疑い、高安に行かずに物陰から様子を窺う。

するると、昔からの彼女は浮気をするどころか、彼がいなくても美しく装い、彼の道中を心配する歌を詠んでいた。

この様子を見て、彼は高安通いをやめてしまった。

あるとき、用事のついでにこの男が高安を通りかかると、彼がいるときには上品に取り繕っていた高安の女性が、地を出して自ら家の使用人たちに飯をよそい分けたりしている（当時は下仕えの者がする行動で所帯じみていた）。彼はよけいに興ざめしてしまった。

ここで触れておきたいのは、このエピソードについて、従来の諸訳は男の高安通いを

〝昔の彼女とのしがない暮らしをしょうがなく思って〟

〝後ろ盾《だて》もない女との不甲斐《ふがい》ない状態では生活できないので〟

〝つまらない状態に我慢できず、女を見限って〟

等、昔の彼女との暮らしに満足できず、新しい女性に走ったように訳している。

が、これは極端に偏《かたよ》った見方である。実際には、男の心は昔の女性に残ったままであった。

当時の下記の事情を踏まえれば、物語の構成がスムースに読めるであろう。

●男女の結びつきの定型は、女性のもとへ男が通う婿入りの形で、家や財産は娘が相続し、女性は婿になった男にそのなかから貢《みつ》いだ

●子どもは男の姓を名乗れるので、婿には身分の高い者が望まれた。身分が低いが財産を持つ豪族や領主ほど、位の高い婿を求めた

●河内国（現在の大阪府東部あたり）の、高安郡には、身分は低くても豊かな豪族が多かった

高安の女のもとに彼が通い、婿になろうとして行動に出た主目的は、豊かな女の財産をあてにしてのことで、昔の女性との暮らしが不満だったのではない。むしろ愛する人を養うためであった。

さらにいえば、男は貧していても身分が高い貴族であることが、上記のコモンセンスからわかる。共倒れになるよりはましだと、彼は二人分の生計を得るために動いたのである。

新たな女性のもとに行くのも辛いが、行かなければ食べていけない。この切ない関係のなかで男と女がお互いを思い、ねぎらい合う心こそ、作者としては読ませどころである。見過ごしにされてはあまりにも惜しいので、ここに付記させていただいた。

第二十六段・舟の寄港は遠方からの手紙が着くことを示していた。平安前期のコモンセンス

第二十六段も、従来の諸訳では訳し切れていない段である。

【要約】……引き裂かれてしまった心の恋人に、主人公が嘆きの手紙を出した。その返事に、彼女が

下記の歌を寄越した。

おもほえず　袖にみなとの　さはぐ哉
もろこし舟の　よりし許《ばかり》に
(思いがけず、もろこし舟が港にきたばかりに、港が大騒ぎになっていますね)

この歌を、主人公の歌だとしている訳書もあるが、女性からの返事であることは、本文を見れば明白だ。これまでの諸訳では、なぜ唐船を詠み込んだこの歌が嘆きの手紙の返事になるのか、きちんと解釈されてこなかった。そのために、詠み手の取り違えまで起こったのである。

理由は二つある。

ひとつは、当時ビッグ・ニュースになった事件があり、作者はトレンドとしてこの段に取り入れていたのに、訳者には汲み取れていなかったためである。

ビッグ・ニュースとは、この頃、都に許可無く訪れた唐人がいたことである。

当時、唐や新羅の商客が当朝に来航するときには、太宰府《だざいふ》の港〝袖《そで》の湊《みなと》〟を通り、許可を得なければならなかった。

ところが、貞観八年(866)に、監督官庁の大宰府をスルーして瀬戸内海に入り、入京してしまった唐人がいた。(『日本三代実録』貞観八年四月十七日)

この歌は、表向きその舟のことを話題にしている。禁じられた恋のやりとりを隠すカモフラージュであった。

では、本当の歌意は何だったのか。
この謎解きをするには、もう一つ、現代では忘れられてしまった当時のコモンセンスを知っておかなければならない。
この頃は、港に舟が着くといえば、手紙が届くことの喩えにもなっていたのである。
国内でも、遠方の諸国との手紙のやりとりは船便だったので、港に舟が寄るといえば、手紙の到来を意味した。このことを踏まえれば、彼女の返歌の意味は下記のように解けるのである。

おもほえず　袖にみなとの　さはぐ哉
もろこし舟の　よりし許に
（思いがけず、唐船のように特別なのに遠い存在のあなたの手紙を《関所の検閲もなく》いただけたばかりに、私の心はざわざわと騒ぎ、涙いたします）

短い段であるが、カレント・トピックスが盛り込まれているうえ、昔の恋の切ない回顧も加わり、エピソードの内容は濃い。

重量のバランスが着目され、
歌に詠み込まれていた第二十八段。
初めて完訳できた第三十四段も力学の話

第三章で、平安前期のこの物語に力学がらみの遊びが施されていることに触れた。馬具の足掛け・武蔵鐙を両天秤に喩えたエピソードである。

第二十八段はもう少し単純で、天秤棒がそのまま現れる。当時の天秤棒は朸《あうご》と呼ばれていた。

このエピソードはさほど難しくない。

恋に通じた女性が、男性との逢瀬のあと、彼が去ろうとしているときに、次の歌を詠んでぼやいた。

などてかくあふごかたみになりにけん
　水もらさじと　結びしものを

(なぜ、朸《天秤棒》で物を運ぶと、いつのまにか片方だけがいっぱいで片方が空になってしまうのかしら。桶をつり下げる綱はしっかり結んだつもりなのに)

もちろん、彼女はものを運ぶなりわいではないので、歌は喩えである。彼女は、いつもそそくさと出て行く彼にこういいたかったのだ。

(あなたと逢う期《あご》《逢瀬のとき》は、いつも片身になる《一人だけ取り残される》のね。懸命に仲を結んでおいたつもりなのに、なぜなの？　結局は私に気がないのよね)

さて。

続いては、新たに完訳できた第三十四段であるが、この段では、主人公が、いつもそっけなくされている女性に歌を届ける。

いへばえに　いはねばむねに　さはがれて
心ひとつに　なげくころ哉

（言おうとしても言えない。言わないと自分の胸に騒がれる。あなたの心ひとつに歎いています）

表向きには、恋の切なさを歎いた歌だが、この歌は、文法が合わない部分があり、難解だとされてきた。が、ことばの一つ一つに着目した結果、筆者にはその謎が解けたのである。これは初出の発見であろう。

まずは、図C（牛車《ぎっしゃ》の各部の呼び方）をご覧戴きたい。

一見無関係のようだが、実はこの歌は、牛車の車体を歌に詠み込んだ、言葉遊びの歌なのである。

歌と図を比べながら、もう一度歌をご覧いただきたい。

図C　牛車の各部の名称

（写真／風俗博物館蔵）

いへばえに　いはねばむねに　さはがれて
　心ひとつに　なげくころ哉

●え……柄（轅《ながえ》）
●むね……棟
●ころ……コロ。車輪

牛車の柄《え》（引く長い柄の部分。轅）と棟《むね》（座席の屋根の棟木《むなぎ》）、ころ（車輪）の三つの語が詠み込まれていることを踏まえれば、かなりの痛烈な皮肉が読み取れる仕掛けなのである。
筆者の訳は下記となる。作者の意が通じたのは、およそ千年ぶりではなかろうか。

（運び手である牛の心ひとつで、私が何を言おうが言うまいが、柄のほうか座席のほうががたつく。車輪にしてみればたまらない《君に振り回されてばかりで、こっちはたまらないよ》）

伊勢物語の作者は、対処法の取れない女性の屁理屈《へりくつ》を牛車のバランスとベクトルに喩えて見せた。主人公はすげない女性にしっぺ返しをしたのである。力学や貴族しか乗れない〝高級車〟を和歌に取りこむあたり、さすがにセレブリティの物語ではないか。

定家時代の諸本でも解けていなかった謎が千年を超え、明らかに。第三十九段〝灯《とも》し消《け》し〟の意味

第三十九段は、主人公の貴公子が隣の屋敷で行われた葬儀を見送る話である。

彼は自分の車でなく、ガールフレンドの女車《おんなぐるま》に一緒に乗せてもらって見送る。女性の車と見て、別の色男・源至《いたる》が声をかけてくる。風流人の源至は蛍を持っており、女車にそっと入れたので、車中の貴公子と女性の姿が見えそうになった。そこで慌てた貴公子は「〝灯し消し〟をしますよ」といって蛍の火を消した……と、ざっと説明するとそんなエピソードである。

従来、この段は、〝人の葬儀の折にまで色事を持ち込んだ主人公〟の艶事《つやごと》として語られている。

ところが、これは全く当を得ていないどころか、誤訳といっても過言ではない。作者の意図は取り違えられてきた。

では、どんな物語だったかといえば、作者がここで描きたかったのは、主人公の一族――ナラ・ロイヤルファミリー――を取り巻く悲しい運命と、故人を思い遣《や》る主人公の心だったのだ。

登場する人々のバックグラウンドをひもといてゆけば、この場面について強調すべき別の側面が立ち上がる。

ここにフォーカスして訳出したのは、筆者の『令和版・全訳小説　伊勢物語』が本邦初である。

本稿でもさっそく検証してみよう。

まず、主人公がなぜ、隣の家の葬儀に出かけたのかを見てみよう。

人は無関係な人の葬儀には出向かない。物語上もそれは同じで、主人公は知り合いの葬儀を見送ったと見るのが筋である。

では、亡くなったのはどういう人か。

文中には、きちんと名前を明示してある。〝西院《さいいん》の帝の皇女、たかいこ〟と。史実と照らし合わせると、淳和帝《じゅんなのみかど》の皇女、崇子《たかいこ》内親王である。

この人は、主人公にとって父の従姉妹にあたる。親戚なのである。

だからこそ、隣に住んでもいるのであろう。

ところが。

親戚にもかかわらず、主人公は堂々と葬儀に行かず、身分を隠して女車に乗って赴き、陰から見送る。

調べてみると、実はここに大きな理由があった。崇子内親王の家の人々は、貴公子の父・阿保親王に不快感を持っていたのである。

灯し消し 女車の蛍【第三十九段】

「伊勢物語絵巻」より（甲子園学院美術資料館蔵）

そもそもは仲が良かった両家だが、ここにも例の藤原良房が絡む大事件があった。崇子内親王の兄・恒貞《つねさだ》親王は、仁明帝のとき皇太子に立てられていた。ところが、藤原北家の良房が、妹の子（道康《みちやす》親王。後の文徳天皇）を皇太子に擁立《ようりつ》したいと画策しはじめたのである。

このままことが進めば良房に殺されかねないと、身の危険を感じた皇太子は、側近と東国に逃げて都を遷そうと考え、貴公子の父・阿保親王にも話をもちかけた。承和《じょうわ》の変と呼ばれる一件である。が、阿保親王は、自らも父・平城上皇の〝変〟で辛い目にあったからこそ話に乗らず、比較的穏やかだった檀林《だんりん》皇太后に上告し、ことを収めようとした。ところが、これが良房と帝に伝わり、恒貞親王は皇太子を廃されてしまった。

結果的には北家を利することになってしまい、恒貞親王を心ならずも追い込んでしまったことがトラウマになったのか、阿保親王はその三か月後に亡くなった。

この承和の変は、キング&プリンス絡みのスキャンダルなので、知らぬ人などいない大事件であった。

主人公のモデル・業平にとっても父の死に通じるショッキングな事件であったが、隣の崇子内親王の一家のダメージは深刻であった。恒貞親王は皇太子を廃され、出家する。

上記の史実を知ると、この段の意味が見えてくる。

業平の一族と隣家の人々とは、良房絡みの大事件によって、心のこもった付き合いを失わざるを得なかった。

主人公が女車に乗ってまで崇子内親王の葬儀を見送りたかった理由も知れてこよう。

彼は、父をも偲《しの》びつつ、例の事件で余波を受け、自分と同じく傷ついた親戚・崇子内親王の死を悼《いた》みたかったのである。

ところが、世間の人々は承和の変の経緯を知っているので、阿保親王の子である業平が大っぴらに隣家の葬儀に顔を出すことはできなかった。

そこで、一計を案じた業平は、女車に同乗することで身を隠しつつ故人を見送ろうとした。

そこへ、間が悪いことに、プレイボーイの源至がこの女車にちょっかいを出してき、蛍を入れた。

業平が慌てたのは、女性と密《ひそ》かに乗っていたためではない。この場で自分のＩＤが明らかになると、またもや両家の関係が取り沙汰《ざた》され、弔いの場が大騒ぎになると危惧したためである。

そこで、彼は蛍の光を消すとともに、歌を詠んだのである。

いでていなば　かぎりなるべみ　ともしけち
　年へぬるかと　なくこゑをきけ

(霊柩車《れいきゅう》が出て去ってしまえば、内親王さまの最期なので、悟入《ごにゅう》を願って火を消し、〝寿命が来たのか〟と皆が泣く声を聞いてください)

もちろん、これは歌の一面だけで、同時に彼はこういったのだ。

(いま私が出ていったら最悪なので、明かりを消して煩悩《ぼんのう》を消し、あの一件から時が経ちましたねと、しみじみ泣く私の声を聞いてください)

源至は、車のなかに業平がいると知り、恐縮して返した。

いとあはれ　なくぞきこゆる　ともしけち
　きゆる物とも　我はしらずな

（泣くのが聞こえてきた。お気の毒に。悪かったね。火を消せば煩悩が消えるとは知らなかった《君の悩みはそれだけで消えるとも思えないが》）

この段の終わりに、作者はこの至の歌を評して、〝あめのしたの色このみのうたにては猶《なほ》そありける〟と記している。

〝天下の色好みの歌にしてはなお、物足りない歌に終わった〟というのだが、それもそのはずで、承和の変の経緯をよく知っていた源至にすれば、業平の心中が手に取るようにわかり、バツの悪い思いだったのであろう。

なぜなら、この源至にしても、まったくの部外者というわけではなかった。

至についても、バックグラウンドに触れた訳書がないので記しておく。

彼の父・源定《さだむ》は、淳和帝の猶子《ゆうし》となっており、廃された皇太子（恒貞親王）とは元従兄弟にして義理の兄弟だったのだ。そのことからすると、至は崇子内親王にとっては義理の甥にあたる。だからこそ、この葬儀にも顔を見せていたのだと思われる。

至の父もまた、帝位争いに巻き込まれないとも限らなかったのである。

物語の末尾に、源至（臣籍降下されていた）には親王（ロイヤルファミリー）に戻る気がなかったと書かれているのは、承和の変のようなごたごたに巻き込まれたくなかったという意味をこめてのことだろう。

時事の状況を踏まえれば、この段の様子はすべてクリアに見通せる。

この訳によって史上初めて、物語作者の場面選定のうまさに唸り、歌にもエピソードにも共感していただけるのではなかろうか。

玉かづらは執念深さ・しつこさも示し、ホトトギスは移り気の象徴にして勧農の鳥。「お約束」でエキサイトする歌心

第三十六段は、主人公のもとに「私のことなど忘れたでしょう」と問い詰めてきた女性に対し、彼が返歌をする話である。

歌には、またもや〝玉かづら〟が詠み込まれている。

谷せばみ　峯《みね》まではへる　玉かづら
たえむと人に　わが思はなくに

（谷が狭いので、地上ではなく峯にまで蔓《つる》を這わせる藤は、そのうち絶えるだろうと人はいいますね。私は思わないけれど。まだ長らえますよ）

玉かづらは藤であり、美しく長い花房が良いことの永続を思わせる。ところが、このケースでは、同じ藤でも蔓の方の生態を取っているので、様相が負の面へと変わる。

藤にはこんな面もあるのだ。

●蔓がはびこり、ほかの樹木などに絡みついて離れない

この藤蔓《ふじづる》の「お約束」を念頭に読むと、この段の歌に込められた強烈なあてこすりが見えてくる。絡む藤蔓のしつこさや執念深さを思い合わせれば、下記のように、歌の底意はかなり辛辣なのである。

谷せばみ　峯まではへる　玉かづら
たえむと人に　わが思はなくに

（谷が狭い《私が冷たい》からといって、峯まで這い上る藤の蔓《のようにしつこく追いかけてくるあなた》。仲は絶えるだろうと人が思って当然ですね。まあ、私は気にしませんが）

続いては、鳥の「お約束」を紹介しよう。第四十三段、ホトトギスの例がおもしろい。

この段には和歌が三首あるが、どの歌にもホトトギスが詠み込まれている。

ホトトギスは「カッコウ」のさえずりで知られ、口の中が赤いことから〝血を吐きながら鳴く〟などともいわれる鳥である。が、上代から古代にかけては、下記の生態から〝浮気な女性〟に喩えられていた。

●ホトトギスは鶯《うぐいす》などさまざまな鳥の巣に卵を預けて育ててもらう托卵《たくらん》の習性がある。このため、数々の恋人（巣）を渡り歩く女性に喩えられる

また、一方でこの鳥は、勧農の鳥とみなされることもあった。

●田植えどきに飛来してきて鳴くので、田植えの時を告げることから〝時鳥〟と漢字をあてる。田植えの号令をかける〝田長鳥《たおさどり》〟とも呼ばれる。〝しでの田長《たおさ》〟（田をしで《しきりに》打つ田長《長老》）の別名もある

四十三段には、恋人が多い女性に愚痴をいいながら、それでも構わないと言い寄る男のエピソードが描かれている。下記は彼と彼女の歌のやりとりである。

ほととぎす　な（汝）がなくさとのあまたあれば
　猶うとまれぬ　思（ふ）ものから
（ホトトギス《男性の気配が絶えない君》よ。里をいくつも渡り歩いて鳴くから、やはり、愛しく思う者にとっては《移り気に思えて》嫌になる）

名のみたつ　しでのたおさ（ホトトギス）は　けさぞなく
　いほりあまたと　うとまれぬれば
（噂だけが立っていますが、ホトトギスは田植えをせき立てる勧農の鳥ともいわれますよ。棲家が多くて《移り気で》嫌だなんて、今朝は鳴いて《泣いて》います）

いほりおほき　しでのたをさは　猶たのむ
わがすむさとに　こゑした（絶）えずは
（庵が多くて、勧農の鳥ならますます頼もしい。私の住んでいる里の田を肥やし、絶えず声を聞かせてくれるだろうから《そんな素晴らしいあなたなら移り気でもやはり構わない。私のもとにいるならね》）

結婚はお金か愛かに言及した第四十一段 身分で異なる官服の色が詠まれた格差婚絡みの歌

結婚は愛だけで成り立つのか。いや、やはり経済的な豊かさも重要な条件ではないか。……現代でもありがちな問答だが、第四十一段にはこの類のトピックが取り上げられている。

【要約】……高貴な家出身の姉妹がいた。一人は公達を、一人は地位が低く貧しい男を婿にした。後者の女性は経済的に余裕がなく、自分で夫の上衣の洗い張りをしたが、手慣れておらず破ってしまった。気の毒に思った公達は、彼女の夫用にと、深緑色の上衣を手配し、下記の歌とともに届けた。

むらさきの色こき時は　めもはるに
野なる草木ぞ　わかれざりける

（紫草が盛んに咲く春には、見渡す限りがその白く美しい花に覆《おお》われ、野の草木の芽が紛《まぎ》れていても見分けられない）

春の紫草の美しさを詠んだように見えるが、その実、この歌の本意は官位によって定まっている官服の色を主題としている。第一章にも記した通り、紫草の衣服はロイヤルファミリーか三位以上の上流貴族にしか許されていなかった。

彼女の夫用にと公達が手配した緑衫《ろうそう》（深緑）は六位の色である。

つまり、公達は彼女にこう伝えたのだ。

むらさきの色こき時は　めもはるに
野なる草木ぞ　わかれざりける

（あなたの家系からして、周囲は見渡す限り公達で、紫の上衣の《三位以上の》男ばかりだったのに、恋心という春の芽が出たばかりに、深緑色《六位の》の上衣の人まで混ざってしまったんだね）

姉妹と婿ら【第四十一段】

スペンサーコレクション「伊勢物語絵巻」より
SPENCER COLLECTION『ISE MONOGATARI EMAKI』
/NYPL DIGITAL COLLECTION

と。お金と愛とのバランスは、この頃も難しかったようである。

〝行く蛍〟の結末は実はコミカル。たまたま他人の家を訪れ、死の穢《けが》れにあって足止めされてしまった四十五段

各段を訳してみると、この伊勢物語の主人公は、思っていたよりもクールで、相当ドライな面もある。彼の歌にはひねりが利いて、苦笑させられるケースも多い。四十五段の通称〝行く蛍〟の歌にも、コミカルなウィットが用意されている。

この肝心な部分が諸訳ではスルーされてしまっているのは、作者が構築したシチュエーションを読み切れていないためだろう。

【要約】……ある箱入り娘が、主人公の貴公子に片思いをし、恋煩《こいわずら》いが嵩じて病の床に伏してしまう。命の瀬戸際にはじめて、娘が〝あの人が好き〟と親に打ち明けたものだから、親は貴公子に〝何とか家まで来ていただきたい〟と頼み込む。貴公子は戸惑いながらも出かけたが、娘は亡くなってしまう。

娘の死に接してしまったので、物忌《ものい》みのため、彼はよく知りもしない他人の家に居続けなくてはならなくなった。

暑苦しい夏場だというのに足どめをされ、手持ちぶさたな上に暇をもてあまし、なんとも所在な

い。ようやく涼しくなった夜更けになって、貴公子は歌を詠んだ。

ゆくほたる　雲のうへまでいぬべくは
　秋風ふくとかりにつげこせ
（行く蛍《娘さんの亡魂《ぼうこん》》よ。雲の上まで往《ゆ》けるようなら、こちらでは秋風が吹く《秋のように物憂く泣いている》と、雁に告げてきてくれ）

蛍は例の「お約束」で人の亡魂に喩えられるので、上記のように訳せる。
さらに、この歌には貴公子らしく下記のウィットが込められている。こちらが彼の本音なのである。

ゆくほたる　雲のうへまでいぬべくは
　秋風ふくとかりにつげこせ
（行く蛍《娘さんの亡魂》よ。雲の上まで往けるのだろうから、こちらでは秋風が吹く《この家にいるのはそろそろ飽きてきた》と雁に告げてきてくれ）

従来の諸訳では、この貴公子の所在なさにスポットが当てられていないうえ、なかには彼が娘の家でなく自宅で物忌みをしたと解しているものもある。
彼の感情についても、亡くなった女性のために淋しく喪に服したと訳されてきた。

行く蛍【第四十五段】

伊勢物語図〈部分〉（国文学研究資料館蔵　鉄心斎文庫）

これでは物語の妙味が伝わらない。この段に用いられている手法は〝巻き込まれ型〟のプロットであり、作者は歌できっちりオチをつけているのである。

主人公は、この女性に対しては人としての同情しか持っておらず、彼女がいなくなったことを淋しく思ってもいない。あるのはヒューマニズムと形式的な礼儀のみで、だからこそ座敷に〝横たわったまま〟歌を詠んでユーモラスに茶化した。

その上で、寂寥《せきりょう》感のある下記の歌で、メメント・モリ的なぬくもりを添えたのである。

くれがたき　夏のひぐらしながむれば
そのこととなく　物ぞかなしき
（なかなか日暮れにならない日の、夏の蜩《ひぐらし》を眺めていると、何ということがなくても物悲しいなあ）

結婚を目前にした妹へ主人公が第四十九段で贈ったのは幸運を願う草結びの歌

第四十九段は、年頃の妹に主人公が下記の歌を詠む話である。

うらわかみ　ねよげに見ゆるわか草を
ひとのむすばむ　ことをしぞ思ふ
（若々しいので根も立派に見える若草を、よその人が草結びにするかと思うと、それにつけても幸運であってほしいと思うものだよ）

この歌には、草結びの「お約束」が詠み込まれている。

巷では、上代から草と草とを結ぶことを〝草結び〟といい、枝なら枝結び、根なら根結びといって、縁起を願うよりどころにしている。草結びをすることは、旅路の無事や事始めの幸運を願うおまじないのだ。
同時に草結びはまた、男女の和合をもいうので、貴公子の歌は、婚期も見えてきた妹へのからかいともなっている。
（初々しくて、寝よげ《肌を合わせても心地よさそう》な若草《若さあふれるわが妹》を、よその人が結ぶ《妻にする》のかと思うと、大人の女性になる《事始めの》ときが来たのかと、複雑な思いになるよ）

妹は恥じらい、とぼけて返した。

はつ草の　などめづらしきことのはぞ
うらなく物を思《おもひ》ける哉
（初めて見るこの草は、どうしてこんなに奇妙な葉なの？《初めて聞く兄さまのおかしな言葉は》わからない。私ときたら、昔と変わらず、裏表なく物ごとを考えていただけで……）

第五十段の謎も千年を超えて解けた！ 〝鳥《とり》の子《こ》〟は卵のことではなく、年老いた人の衣服の卵の殻《から》色である

第五十段には、お互いの浮気を責め合う男女の、非難の応酬が描かれている。いずれも引かずに和歌でなじり合うのだが、けんか腰になるとよくあることで、たとえ話が馬鹿馬鹿しいほど大げさになってゆくさまが面白い。

さて。

この段に登場する下記の歌に関しては、従来、ややおかしいと首を傾げられてきた。これに関しても、小説に訳してゆくなかで解を発見し、正したので、ここに説き明かしておく。

鳥のこをとをづつ　とをはかさぬとも
おもはぬ人を　おもふものかは

従来の訳では、冒頭の〝鳥の子〟を卵と解し、下記のように訳している。

・卵を十ずつ十重ねることができたとしても、思ってくれない人を思うことはできない。

一見、うまく訳されているようだが、これは誤りである。理由は後に明かすとして、実は〝鳥の

子〟とは、老人が着る襲の衣装なのである。襲の色目には諸説あるが、『色目秘抄』によれば表が白、中倍紅梅、裏が黄とあり、鶏の卵の殻色に近い。正訳は次のようになる。

鳥のこをとをづつ　とをはかさぬとも
　おもはぬ人を　おもふものかは

（老いた人用の鳥の子色《卵の殻色》の衣装を一生に十枚着たおし、それが十回度重なるほど長生きできるとしても《不可能が可能になるほど長寿にはなれても》、思ってくれない人を好きにはなれないな）

　誤訳と正訳、いずれも〝不可能が可能になるとしても……〟とする比喩であるので、どちらが正しいかわからないと取る向きもあるだろう。

が、この段の最後の歌をご覧いただけば答え合わせができる。

というのも。

　この段の歌の応酬は五首に亘《わた》るのだが、そのうちの一首が〝行く水〟、もう一首が〝散る花〟を詠み込んでいる。

　最後の一首では、男が総まとめ的にこう詠むのである。

ゆく水と　すぐるよはひと　ちる花と
　いづれまててふ　ことをきくらん

(流れる水と、年を重ねることと、花が散ること《交わした歌の題材となった年齢・散る桜・行く水》の、どれかを止めることでもできるというのかね？　いずれも無常だ。待ってくれといっても聞かないものさ《歌でののしりあいも無駄なことだな》)

この歌のなかになぜ〝過《す》ぐる齢《よわい》〟、つまり年齢の話が出てきているのか、これまでは、これも謎とされてきた。年齢に言及した歌がなかった（と思い込まれていた）ためだ。しかし、前述の〝鳥の子〟の歌を年齢の歌と解し、正しい訳に戻せば、この件も明解である。

これまで交わした歌の題材三つをあげつらう最後の歌を、物語の作者は論戦の総決算とし、一応のピリオドとして置いたのだ。

なぜ男性の袖のたもとは露で濡れたのか。この意味がキャッチできないと五十四段の歌の核心に迫れない

上代から平安時代の歌には袖や袂《たもと》の露、あるいは衣手《ころもで》の露がしばしば登場する。当時の上衣のたもとは、現代の女性の振袖並みに長かった。

その袖で涙の露を拭ったりもしたのだが、それ以外にも、露でたもとが濡れることはよくあった。恋愛のケースでいえば、深いおつきあいが始まれば男性の袖は濡れるのが「お約束」であった。慣習として、男女の仲になると、当時は男性が女性の家に通い、朝方に帰宅した。

道も舗装されておらず、ことに屋敷の周囲も庭も野深かったので、朝帰りのときに歩けば必ずといっていいほど長い袂が朝露でしっとりと濡れたのである。濡れた袂や、袖の露が男女の仲や恋の涙に見立てられるのは、このことも踏まえてのレトリックだった。

主人公は第五十四段で、そっけなくあしらわれた女性に対し、この〝たもとの露〟を詠み込んだ下記の歌を届けている。

行やらぬ　夢地をたのむ　たもとには
あまつそらなる　つゆやをくらん

(あなたのもとには通ってないので、夢でゆく道が頼りです。私の袖の袂には天空からの露が置かれているようです《涙しています》)

一見、冷たくされて悲しいと歎いているようだが、実はこの歌にも二面性が読み取れる。前述の「お約束」を知っていれば、歌には次のように毒がたっぷり盛られているとわかるのである。

冷然とした女性に貴公子はこう返したのである。

(あなたのもとには通っていないのだから、架空の道を頼りにし、そら《虚》の露が置かれているようだ《現実に通わなければ袖が濡れるはずもない。置かれているのは偽りの涙さ》)

伊勢物語が書かれて以来の初訳出。主人公はなぜ落ち穂《ぼ》拾いをしたのか。文学者も唸る、エッジの効いた第五十八段

第五十八段は、この伊勢物語を学問的にもぐっと引き締める、アカデミックな段なのだが、残念なことに、脈々と意味の通らぬ訳がなされてきた。

理由の一つは、訳者が主人公の母のバックグラウンドを思い合わせなかったため。

残る一つは、最後の歌に含まれたハイブローなキーワードの意味に誰一人として気づかなかったためである。

まずは、ざっと要約してみよう。

【要約】……主人公の風流な男が古い都の長岡《ながおか》(現在の京都府向日《むこう》市、長岡京市、京都市西京区)というところに家を建築中であった。建てかけの家にいたとき、田を刈りに来た田舎の女性たちが物珍しげに入ってきたので、男は逃げて奥に隠れた。女性の一人が彼をからかう歌を詠んだので、彼も歌を二首詠んでしっぺ返しをした。

この要約に関しても、諸訳とは異なる部分がある。

上記の田舎の女性たちを〝田舎に住んでいる宮様方=皇女たち〟とする訳が見られるのだが、その解釈は成り立たない。宮様方は田刈りをするはずもなく、文中にも、ロイヤルファミリーへの敬語が見られない。

これは、文中にある〝宮ばら〟ということばを〝宮腹〟と解釈したことからの誤解である。

では〝宮ばら〟とは何か。

実をいえば、ここに主人公のモデル・母のプロフィールが関わってくる。

順を追って解き明かしてみよう。

この段で主人公が家を建てている長岡という地は、モデルである在原業平の母の家の敷地内だと思われる。

業平の母・伊都《いと》内親王は、桓武帝の皇女である。

そして、長岡京は、その桓武帝が平城京と平安京とのあいだに、わずか十年ばかりではあるが都を置いたところであった。自然のなりゆきで、ここに伊都内親王の宮家があった。

〝宮ばら〟の部分は、原文では濁点が振られていない。〝宮はら〟である。宮家の原と解すれば、周辺整備のために、あたりの田舎の女たちが集まるのも頷けるのである。

落ち穂拾い【第五十八段】

「伊勢物語絵巻」より（甲子園学院美術資料館蔵）

　さて。
　その田舎の女性が主人公をからかって詠んだ歌は下記である。

あれにけり　あはれいく世のやどなれや
　すみけん人の　をとづれもせぬ
（この宿《宮家》も荒れてるねえ。お気の毒に何代続いたのか知らないけれど、住むはずだった人《内親王の子のあなた》が訪れもしなかった《都で浮き名を流すばかりで寄りつかなかった》から）

　やりこめられた主人公は、悪ふざけをいって返した。

むぐらおひて　あれたるやどのうれたきは
　かりにもおに（鬼）の　すだくなりけり
（雑草が生え、荒れている家が嫌なのは、一瞬ではあっても鬼《小言《こごと》をいうあなた方》が集まるからですよ）

　彼は女性たちを表に出した。すると彼女らが仕事に戻るにあたり「（田で刈った稲の）落ち穂を拾おう」といった。おこぼれも積もれば稔りにつながるのだ。それを聞いた主人公は呟きがちに詠んだ。

うちわびて　おちぼひろふときかませば
　我も田づらに　ゆかましものを
（静かな境地で落ち穂を拾うと聞いていたなら、私も田のあたりに行きましたのに）

諸訳では、ここまでしか訳されていないが、この段の読みどころはこの先である。言葉づかいを知らないこの場の女性たちには、何のことか伝わらなかっただろうが、この歌の真意は実にハイブローなのだ。

うちわびて　落ち穂ひろふときかませば
　我も田づらに　ゆかましものを
（情趣ゆたかな落ち穂《歌》を拾って寂々と集める《拾遺を編む》と聞いたら、私《歌人として名をなしている私》もその田のあたりに参じましたのに）

落ち穂拾いでは、取りこぼしたものを拾い集める。いっぽう、ある種の集大成から落ちた文筆の作品を拾い集めることを拾遺という。

第二章で、平城天皇が『古語拾遺』を編ませたことはすでに述べた。伊勢物語の頃には〝拾遺〟という語がすでに知られていたことは、このことからも確かである。主人公の得意とする歌の世界でも、勅撰集に洩れた歌を集めて拾遺と称した。

主人公はこの当意即妙な歌で、自分が歌人であり、拾遺のエキスパートだと表明したのである。何ともアカデミックなエピソードではないか。

上記の歌は伊勢物語でも指折りの名歌であろう。文学史的にも価値が見直されてしかるべき段である。

小説家のはしくれとして、筆者は望外にも千年の時を経て初めて作者の意図を汲んだこの段の解釈ができたことを、心から嬉しく思う。

謎とされてきた老女のヘアスタイル
第六十三段〝つくも髪〟はこんな髪型であった

平安時代と現代のコモンセンスのギャップについて、繰り返し書いてきた。

第六十三段には、すでに忘れられてしまった言葉が用いられている。

〝つくも髪〟というのがそれだ。この言葉の意味にはさまざまな説があったが、これまで明快ではなかった。

まず、その言葉が使われたシチュエーションから見てみよう。

六十三段には、高齢の女性が登場する。彼女には夫はおらず、何とかもう一度男性と愛し合う機会を得たかった。

つくも髪【第六十三段】

彼女の息子に懇願され、伊勢物語の主人公の男が一夜だけ老女の望みを叶えた。

それっきり男の訪れがないので、老女は彼の家まで行き、物陰から様子を窺った。男は彼女に気づきながら、気づかぬふりで下記の歌を聞こえよがしに詠んだ。

伊勢物語図〈部分〉（国文学研究資料館蔵　鉄心斎文庫）

ももとせ（百年）にひととせ（一年）たらぬ　つくもがみ
　我をこふらし　おもかげに見ゆ

漢字の百から一の字を取ると〝白〟の字形になり、同時に引き算では九十九を表すので、白髪のお年寄りの喩えになる。

上記のことからすれば、「白髪のお年寄りが、私を恋うているらしく、面差しが幻のように見えることだよ」……と、おおむねは訳せる。それにしても〝つくも髪〟がどんなヘアスタイルなのかは謎であった。

これまでの説では
・水草の江浦草《つくも》（太藺《ふとい》の異名）の花のように乱れた老女の白髪
・フトイという水草の短く乱れた形のような形
・つくもは海藻の名。女が年老いて髪が短くなったのがこの海藻に似ている
・〝つつもがみ〟が正しく、九をつつといい、つつもという植物があり、〝百年に一年たらぬつつ〟と連ねた
等とされていた。

しかし、この太藺・フトイという草は短く乱れた形ではなく、細い円柱が林立して垂直に伸びる形で、丈は一メートルくらいとかなり長い。湿地や池沼に生えるが、海藻でもない。

茎の先端につく花は、確かにかなりクローズアップすれば、ざんばら髪のようにも見える。

だが、私がすぐに思い当たったのは、太藺製の〝刷毛《はけ》〟であった。

太藺は藺草《いぐさ》によく似ている。イグサといえば、畳表《たたみおもて》や刷毛、箒《ほうき》などの素材である。太藺はイグサ科ではなくカヤツリグサ科であるが、カヤツリグサ科の草も畳や筵《むしろ》、箒などに使われている。

現在見直されている大分県産（もとは沖縄産、いまは栽培は大分のみ）の七島藺《しちとうい》などは、その代表格だろう。イグサの製品よりも丈夫でツヤがあり、長持ちすることで有名だ。太藺の刷毛や箒は、穂が太めで、年配者のごわついた髪質を思わせる。

太藺は別名、都久毛《つくも》とも呼ばれる。

前述の歌の訳は下記であろう。箒やブラシを頭髪に喩えることは、現代でもレトリックとしてよく見かける。

ももとせ（百年）にひととせ（一年）たらぬ　つくもがみ
我をこふらし　おもかげに見ゆ
（白髪で太藺草製の刷毛のようなぱさぱさ髪の老齢女性が私を恋う《請う》ているらしく、面影が見えている）

いまはプラスチックに置き換えられることが多い刷毛や箒の穂の素材に、かつては植物も多く用いられていた。棕櫚《しゅろ》、黍《きび》や藺草、箒草《ほうきぐさ》、麻などの素材を用途別に使い分けていたのだろう。

言葉と同じように、生活道具のなかにもいまは廃れて忘れられているものが多くある。

老女と主人公のエピソードがどんな結末だったのかは、ここには記さないので、小説や原文をご参照いただきたい。

宮中の女官は暇だった？ 第六十四段で主人公がからかった局《つぼね》のなかのオフィスワーカー

第六十四段は、コミカルな笑いの段であるが、なぜか表面的なとらえ方しかされていない。世のなかを斜めに見るだけでなく、しらっと口に出してしまう放縦さが主人公の持ち味なので、余すところなく味わっていただきたい。

もっと現代流にくだいていうなら〝あるあるネタ〟である。

【要約】……主人公には、少々気になる女性がいた。宮中でどこにいるか知りたかったのだが、女官たちのいる当時の局《つぼね》（執務室）は簾《すだれ》や几帳《きちょう》で仕切られ、外からは様子が見えなかった。そこで、彼は人捜しをしがてら、ジョークを交えて歌を詠んだ。

吹風《ふくかぜ》に　わが身をなさば　玉すだれ
ひまもとめつつ　いるべきものを
（私が吹く風になれたら、玉すだれ《簾の雅語》の隙間を探して入ってみるだろうに《女官は手持ち無沙汰《ぶさた》だろうね。私が風になれたら、暇を求めて玉すだれのなかに入るよ》）

誰だかわからぬが、中から返事があった。

とりとめぬ　風にはありとも　玉すだれ
たがゆるさばか　ひまもとむべき

（取りとめぬという風ではありますけど、玉すだれの隙間を探すなんて、誰が許すものですか《なんてこと。暇を求めるなんて許しません。私たちが暇だなんて失礼な。とりとめなくぶらついているあなたこそ、お仕事にお励みなさいませ》）

〝局のなかの女性達は暇である〟と、主人公は一般に思われていた〝あるある〟を歌にした。そこで、即座に女房からは反論の歌が返ってきたのである。彼女も怒るというより苦笑しながら返しているのだろう。

歌から人捜しに関する部分しか読み取れないと、エピソードのおもしろさは半減してしまう。

初恋の人とのその後が描かれた第六十五段は
哀しみに満ちあふれた
ロマンスのクライマックス

第六十五段は、第二段〝春のもの〟で描かれた主人公の初恋の人・藤原多賀幾子とのその後のエピソードである。

恋せじの禊【第六十五段】

伊勢物語図〈部分〉（国文学研究資料館蔵　鉄心斎文庫）

この段のヒロインのモデルが藤原高子ではなく多賀幾子であることについては、第二章ですでに検証した。

初恋の人が入内してしまってからも、主人公は彼女を諦めきれず、宮中に会いに行き、関係を続けてしまう。

彼女が彼を避けるように実家に帰れば、逆に好都合とばかりに実家に通う。ちなみに、この実家とは、藤原良相の西三条邸である。

主人公の男にも、関係を続ければお互いの人生が台なしになってしまうことはわかっている。

にもかかわらず恋情が断てないので、彼は神仏頼みの儀式「恋せじの禊《みそぎ》」をする。が、それでも恋心を抑えることはできず、その心境を歌にした。

こひせじと　みたらし河にせしみそぎ
　神はうけずも　なりにけるかな
（恋はしませんと　御手洗《みたらし》河で行った禊を、神様がお受けくださらない場合もあったのだなあ）

この禊のエピソードは、のちに絵師達が好んで題材にした有名なシーンでもあった（伝　尾形光琳『禊図屛風』　出光美術館蔵など）。

やがて、二人の密通が明るみに出、多賀幾子は従姉妹でもある御息所（正妃）の明子によって蔵に閉じ込められてしまう。帝は主人公を地方に流し、二人は引き裂かれた。
だが、主人公は毎夜、歌いながら地方から都へ戻り、宮殿の外まで戻ってき、笛を奏でた。
美しい笛の調べは、蔵のなかのヒロインに届くのだが、彼女には、〝蔵にいるの〟と彼に伝えるすべもない。
それでも構わず、夜毎に笛を吹きつつ、都と地方を往来した主人公の歌は切ない。

いたづらに行《ゆき》きてはきぬる物ゆへに
見まくほしさに　いざなわれつつ

（無駄足とわかっていても、何度でも行っては帰るんだ。あの人を見たいばっかりに）

ここで描かれた悲恋こそが、その後の主人公の一生を左右したエポックとなっている。彼の身分ではけっして手の届かない人とのままならぬ恋が破れ、出世の道からも遠ざけられた。

この段で初恋に破れた主人公は、続く三段で傷心の旅をする。

六十五段から六十八段までは、物語のプロットとしてはひとつの回想ユニットなのである。

現実の年史でいえば、８５０〜８５８年（文徳帝即位〜多賀幾子没。業平二十六〜三十四歳頃）のどこかであろうと、筆者は推察している。

失恋の痛手を癒やしてくれようとする友らに感謝の思いを表した六十七段 〝生駒山《いこま》〟逍遥《しょうよう》の旅

失恋と不遇により心が晴れない主人公は、親友たちとともに旅をする。

六十七段では、ちょうど桜の花期に和泉国《いずみ》を逍遥し、観桜の名所でもある生駒山の方を眺める。

折悪しく、雲が途切れず山の景観が見えない。翌日の昼頃、ようやく晴れたが、何と桜の梢《こずえ》には雪が積もってしまっていた。主人公はそこでただ一人歌を詠んだ。

生駒山の花林【第六十七段】

伊勢物語図〈部分〉（国文学研究資料館蔵　鉄心斎文庫）

きのふけふ　くものたちまひ　かくろふは
　花のはやしを　うしとなりけり

（昨日から今日にかけて、雲が湧き移り動いて生駒山の花林が隠れ続けていたのは、花の梢に雪が積

もり、残念な姿になったのを憂いて見せまいとしてのことなのだね）

この段も、従来の諸訳ではここまでしか訳されていないが、これでは景観を詠んだにすぎず、読者が置いてきぼりになり、物話が死んでしまう。

この歌のキーポイントは、主人公が友らを雲に、自らを桜花の林になぞらえたところにあるのである。

主人公は、自分が傷つき（雪を被り）、花としては見る影もないことを自認している。同行の友らはその自分を入れ替わり立ち替わりマントのようにくるんで隠し、慰めてくれている。

主人公は、景観としてはマイナスな生駒山の雲を、友らの美しい友情に喩えた。彼一人しかこの景色を詠まない。つまり、皆が気づかない角度から光を当て、景観に交情を加味して歌を際立たせたこの主人公の特異さが光る一編なのである。

筆者が上の歌に添えた小説の訳は下記の《　》内である。

きのふけふ　くものたちまひ　かくろふは
花のはやしを　うしとなりけり
（昨日から今日にかけて、雲が湧き移り動いて生駒山の花林が隠れ続けていたのは、花の梢に雪が積もり、残念な姿になったのを憂いて見せまいとしてのことなのだね《昨日も今日も優しい君達がかばってくれて身を隠し続けている私。こんな姿の私を、辛いだろうと思ってのことだね。同情してくれてありがとう》）

雁のつがいは雄雌で呼び合う。その「お約束」を知っていれば第六十八段の悲しさが心にしみる

続く第六十八段も、半分しか訳されてこなかった段である。

主人公は住吉《すみよし》の浜という名所を訪れる。この浜はその名から「住みよい」といわれており、誰かが〝住吉の浜〟を題に歌を詠もうといいだした。

そこで、まず主人公が詠む。

鴈《かり》なきて　菊の花さく秋はあれど
　春のうみべに　すみよしのはま

（雁が鳴いて見事な菊の花が咲くのは秋だが、《雁がいなくなり、花もない》春の海辺には美しい住吉の浜がある）

ここまでは従来訳されているが、これでは単に季節と浜を愛でただけのことになり、話のカタルシスがない。

そこで、本稿の第三章で述べた雁の「お約束」を思い出してほしい。

●雁のつがいは睦まじく、生涯連れ添うとみられることから夫婦にたとえられる
●田などの水場では互いに寄り合う姿がほほえましく見られる
●雁の鳴き声は男女の呼び合いや妻問いに通じるとされている

これを念頭に置けば、歌意は明確に見えてくる。

鴈なきて　菊の花さく秋はあれど
　春のうみべに　すみよしのはま
（雁はつがいの男女で呼び合う。雁がいる秋であれば、雁が鳴く《あの恋人が私を呼ぶ》声を聞く、《菊》ことができ、花《恋》も咲くが、春になると渡り鳥の雁《恋人たち》はもういない。もちろん、花もない。住吉の浜の美しさだけが空しく残された）

歌の主題は雁の鳴き声である。菊を「聞く」との掛詞にしていることからも、恋人との応答に擬《なぞら》えていることがわかる。

もちろん、生涯連れ添うはずだった恋人と第六十五段で引き裂かれた主人公の苦しみを、友らは知っており、彼らには歌の深意が伝わった。

切々とした悲しみが伝わったので、皆もう歌は詠まなくなってしまったのである。

【第五章】

またもや禁断の恋に走る主人公。臣下の者が伊勢斎宮と結ばれるのは、前代未聞のセンセーションだった

史上最大の背徳のサスペンスが束の間の熱い思いを増幅させた。スリルが好んで読まれただろう第六十九段

伊勢物語全体の構成を見渡したとき、山場のひとつとなっているのが六十九段である。この段のエピソードこそ、世間を揺るがし、話題をさらったセンセーショナルな一幕であっただろう。

主人公は、この段でまたも、手の届かない女性に恋をする。最も衝撃的なのは、その恋の相手である。彼女は伊勢神宮の斎宮《さいぐう》であった。ポジション上、恋愛は厳禁である。

伊勢神宮の斎宮は、未婚の皇女（内親王）のなかからしか選ばれない。そもそもがロイヤルファミリーである。

その上に、斎宮になると、彼女は国で唯一の存在になる。

ここも言及されないことが多いので、当時のコモンセンスとして付記しておくが、斎宮は帝の御代替りごとに交代する。一人の帝に対し一人が選ばれるのは、帝の代理として神にお仕えするためだ。斎宮は神聖さと侵しがたさにおいて、帝と同等だったのである。

斎宮に選ばれた内親王はその日から潔斎《けっさい》し、伊勢神宮でも潔斎を重ねる。帝が御代替りをして、斎宮の務めが終わり、元斎宮となったとしても、彼女と結ばれるとすれば帝か皇族であった。

この物語の主人公のモデルは臣籍に下されている。臣下の者と斎宮が結ばれた。しかも役職にありながら通じてしまった。これは前代未聞の話であった。

ましてや、リアルな局面をさんざん盛り込んできたモデル小説なのだから、読者はどうしても実在の在原業平と思い合わせてしまう。

恋愛ルールを逸脱しているどころか、仮に現実だとすればモラルを超えた話で、小説仕立てにしていなかったら目を剝《む》かれることは必至だ。

ショッキングな展開に、読者は度肝を抜かれたに違いない。

あまりに衝撃的であることを慮ってか、作者は直接的な表現を避け、二人が結ばれたことを匂わせるだけで、歌でも断定はしていない。

主人公は、自分の部屋に来た斎宮と三時間ばかりを過ごすが、そのあと、斎宮から〝あれは本当だったのか、幻だったのか〟と問う歌を受け取る。

彼にしてみれば、禁忌に挑んだのは一大事であった。それを〝夢幻〟にされるのかと、彼は落胆の涙を流す。

それはさておき、困難なほど燃えさかる恋のセオリーを心得た作者は、これでもかとばかりに技巧を凝らしている。

前述の禁断の恋に加えて、下記の状況をたたみ込むように盛り込み、サスペンスを増しているのである。

●思いを伝えるツールが使えないもどかしさ

（斎宮には後朝《きぬぎぬ》の歌を渡せない）

狩りの使い（君や来し）【第六十九段】

伊勢物語図〈部分〉（国文学研究資料館蔵　鉄心斎文庫）

●邪魔者の存在
（斎宮寮《いつきのみやのつかさ》の長官と会食しなければならず、再度の逢瀬がかなわない）
●日程によるすれ違い
（狩りの日程が決まっており、逢えずに旅立つ）

これらの不安定な状況は、主人公の恋情をかき立てる一方で、読者をはらはらさせる手段でもある。

この伊勢斎宮との未曾有《みぞう》の出来事を描いた第六十九段の存在が〝伊勢物語〟の名を生んだという説があるが、それも頷ける作者の筆の走りである。

……ではあるが。

主人公のこの段の恋は、筆者にはやはり徒花《あだばな》のように思える。

第六十五段〝恋せじの禊〟や、第六段〝芥川〟にあった恋人への迫真の思いがここにはなく、見えてくるのは状況とスリルがかき立てた恋の一過性であろう。

この段での彼は人を恋しておらず、彼女の立場に恋していた。

斎宮のほうも、その点は同じだったのではないか。浮き名を流す指折りのセレブリティに興味を感じ、近づいたようでもある。後日談として設けられている七十五段までのユニットに登場する彼女は、主人公に対して実につれない。

少なくとも、斎宮が恋の駆け引きで有名な男として彼を見ていたことは、後述する七十五段の歌でも明らかなのである。

ちなみに、この斎宮は、ただ見知らぬ男とわけもなく忍び逢いをしてしまったわけではない。

この斎宮のモデルとされている恬子《てんし》内親王は、業平の親友・紀有常の姪なのである。有常の妹、静子が産んだ文徳帝の皇女が恬子内親王だ。

紀有常の娘が業平との間に子を成したとされているから、業平にとって斎宮は妻の従姉妹ということにもなる。

これらのことからすれば、斎宮は以前から身内を通じて業平の評判を聞かされていたと思われる。

読者は現実の背景に想像をめぐらしたことだろう。

女性側からしてみれば、一種のファン心理もあってスターダム的存在と交際したが、憧れが現実となってみると思いがさほど高まらなかった……というところだろうか。

伊勢の《大淀《おおよど》》の歌意は第二代斎宮・倭姫《やまとひめ》の伝説を踏まえなければ読み解けない

前記の六十九段から七十五段までは、伊勢の斎宮が関わるエピソードが続く。

このユニット・伊勢編のなかに、作者は第七十段、七十二段、七十五段と、三度にわたって伊勢周辺の《大淀》の地名を繰り返し登場させている。

小説の作者は、物語にロケーションを盛り込むときには細心の注意を払うものである。すでに東下りの《伊勢と尾張のあわい》や《宇津の山》でも見てきた通り、この伊勢物語でも、舞台は理由があって選ばれている。

伊勢編でもそれは同様で、風土がキーポイントになっており、場所柄や土地の由来を知らないことには話が進まない。

さて。

実は、当時の読者にとってこの《大淀》は、名の知れた歴史的偉業の地であった。

時は神代《じんだい》に遡《さかのぼ》るから、年次や人物については根拠の乏しい伝説・神話であるが、平安時代の読者にはこう見えていただろうという話である。

『日本書紀』によれば、垂仁《すいにん》二十五年頃のこと、垂仁天皇の皇女に倭姫命《やまとひめのみこと》という人がいた。倭姫は天照大神《あまてらすおおみかみ》の奉仕者に定まり、神を祀《まつ》る適地を捜して諸国を旅する。舟で赴《おもむ》くうちに、伊勢の五十鈴《いすず》川の河口あたりに、風もなく海潮が凪《な》ぎ〝大淀に淀んで〟いる場所があった。これが大淀の地名の始まりだと考えられている。

とにかく、格別にまったりと静かな海だったのだろう。

倭姫が喜んでいると、天照大神より「伊勢国に宮祠《みやほこら》を建てるべし」との教示があった。大淀は五十鈴川の上流に神宮ができる序章となったのである。

倭姫命は、このとき斎宮も興したとされ、『古事記』によれば第二代の斎宮といわれている（初代の斎宮は、彼女の叔母で、天照大神の初代の奉仕者だった。ただし、伊勢では倭姫が斎宮の代表格である）。

この《大淀》は、上記の通り、倭姫ゆかりの地として知られていた。

つまり、《大淀》の地が登場してくる各段は、斎宮が絡むエピソードであることが読者に明示されているに等しかったのである。

上記の伝説を念頭に読んでいただくと、第七十五段の歌がすらすら読める。

この段では、主人公が女性に「どこかよそへ行って暮らそう」というのだが、女性はこんな歌を返す。

おほよどのはまにおふてふ　見るからに
　心はなぎぬ　かたらはねども

〝みる〟というのは海藻の海松《みる》である。
この歌を言葉通りに取れば、

（大淀の浜に生えるという海松は語らないけれど、見るからに心が静まるの）

と訳せるが、上の伝説を知っていれば、歌にわざわざ〝凪ぐ〟が用いられている深意が読めてくる。

つまり、女性（大淀に根ざして生きている斎宮の私）は、主人公の誘いに歌で下記のようにノーといったのだ。

（《神代から凪で有名な、倭姫ゆかりの》大淀の浜に生えるという海松だからこそ、何も言わないけれど心は波ひとつなく静まっているの《このおっとりとした伊勢が気に入っているの。斎宮の私はどこにも行くつもりはないわ。うるさいことを言わないで》）

と。

斎宮に身分違いを指摘され、海藻の歌に打ちのめされて、七十五段で悄然《しょうぜん》と肩を落とす業平

さて、前述のように斎宮から振られてしまった業平（を思わせる主人公）だが、諦めず、「君には一歩踏み出す勇気がないから、恋をやめようとするんだ。貪欲に恋を刈り取れ」と、歌で彼女をけしかけた。

すると、彼女は次の歌を返した。

いはまより　おふるみるめし　つれなくば
しほひしほみち　かひもありなん

この歌は、従来難解とされており、下記のようにやや捻った、おさまりの悪い解釈がなされている歌である。

（海松が岩間にあって損なわれずにいれば、いつかは貝が着くこともありましょう《そのうち契る日がくるでしょう、の意か》……等）

ところが、業平が〝手の届かない恋〟をする男ということを念頭に置けば、ここは素直に訳出で

き、この段にしても物語の上でも、腑に落ちるストーリーになる。

（岩間より生えている海松《潮の届きづらいところにある＝身分が高く、あなたには手が届かない私》がつれなくしている方が、潮が満ちたり引いたり《海松を波で浮かせようとする努力》のし甲斐もあるでしょう《手の届かない女性のほうが、あなたも恋の仕掛けがいがあるわよね》）

業平は、臣下となってしまった自分の身分や、世間でも有名な〝手の届かなかった格上の女御〟との恋模様のことに言及され、すっかり打ちのめされる。

こうして、斎宮との恋も実ることなく終わってしまった。作者はあくまでもこの物語にペーソスを持ち込み、主人公を侘《わび》しい立場に沈ませる。

伊勢物語の底に流れているのは、エレジーなのである。

【第六章】

過ぎた日の恋を思い、父母を失う。
積もりゆく諦めと老いが切ない。
皇孫の後半生も誰しもと同じく物悲しかった

かつての恋人・高子さまの神社詣でにお伴で従う羽目になった主人公が藤原家をちくりと刺す七十六段

伊勢物語の作者は、主人公を逆境に置くことが得意のようだ。第七十六段は、またも彼の哀しさが際立つシーンから始まる。

第六段〝芥川〟で引き裂かれた心の恋人・藤原高子が、この段では皇太子に仕えており、主人公はそのお伴として従っている。

高子さまの行き先は、何と、藤原家出身の女性たちにとっては皇室との縁結びの社とされている大《おお》原野《はらの》神社である。

現代では、皇家のSPといえば皇宮警察本部の護衛官であるが、彼はこのとき、それとよく似た任務で彼女の車を護っていた。力で引き裂かれた元の恋人としては屈辱的でもあり、心がヒリヒリと痛む状況だ。

そうして警護していたとき、高子さまから護衛たちへといつものご褒美の品が下された。彼は代表として妃からじかに拝受し、お礼の歌も詠んだ。もちろん、思うところは大いにあっただろうが、表向きは参詣を寿《ことほ》ぐ歌にしなければならない。

彼はこう詠んだ。

大原や　をしほの山も　けふこそは

神世《かみよ》のことも　思（ひ）いづらめ

（大原の小塩《おしお》山《岩塩が取れ、神饌《しんせん》の塩を思わせる山》も、《藤原氏子孫のあなたの信仰心で》今日こそは神代の昔を思い出すことでしょう）

一見、藤原氏を褒めあげた歌である。ところが、この神社の由緒を知っている人々が見ると、これは皮肉に取れた。

この大原野神社に祀られている藤原家の祖神は、皇家の祖神に仕えた神である。神世の藤原家は、忠臣だったのだ。

それを踏まえると、主人公の本音が読める。

（大原の小塩山も、今日こそは、藤原家の祖が本来、皇家の忠実な臣であった神世を思い出すでしょうねえ《いまの藤原北家は、臣であったことさえ忘れているように傲慢ですが》）

と、皮肉が強く匂うのだ。

さらに、下記のことを考え合わせる人々もいたと思われる。

この地にはそもそも、主人公のモデル・業平の曾祖父にあたる桓武天皇がしばしば狩りに訪れた地。神社はその縁で、曾祖母・藤原乙牟漏《おとむろ》の祈願によって建てられた社であった。

彼の内心はこうも読めたであろう。

（もとはといえば、この社は私の曾祖母が発願して建てた神社。大原野の小塩山も、その昔を思い出すことでしょう《本来は皇孫の私こそ、あなたも含め、藤原家の人々に傅《かしず》かれてもおかしくなかったのに。二人を割いたかつての不毛な運命が嘆かわしい》）

歌の本心には、藤原家への反発が含まれている。当時のセレブ女性の聖地であった有名な社の真のゆかりを知ってこそ、元ロイヤルファミリーであった彼の苦い思いが見えてくるのである。

京都の鴨川《かもがわ》から塩釜《しおがま》にワープしてみせた業平の即興劇を初訳出。時空を超えた演出にしびれる一幕

伊勢物語の作者が卓越したレトリックの使い手であったことは、これまで見てきた通りである。が、これからご紹介する第八十一段の演出ぶりは、筆者の想像を遥かに超えてスタイリッシュであった。

この段に登場する源融は、主人公のモデル・在原業平とともに、風流人で知られる当時のセレブリティである。都きっての男二人が揃うところからして、舞台は華やかになる。

元サガ・ロイヤルファミリーの源融は、ある晩、ロイヤルファミリーの親王たちを招き、自らの別荘で夜通しの宴を行う。この別荘は〝河原《かわら》の院《いん》〟といい、当時の人々の憧憬の的だった。

この河原の院には、陸奥国・塩釜の絶景を融が鴨川のほとりに再現させた庭がある。融の大胆な構

想と、夢物語を実現する財力が世間を驚かせていた。

さて、この華やかな宴には、例の主人公も列していた。時は紅葉が千種《ちぐさ》の色を競う秋である。管弦の調べのなかで酒盛りが続き、夜が白々とあけゆく頃になって、源融を褒める歌の遊びが始まった。

何を思ったのか、このとき一人だけ桟敷《さじき》の下の砂地で、這い歩く物乞《ものご》いの翁がいた。あの主人公である。いったい、何がはじまったのだと、歌を詠みながらも、皆は彼に気を取られる。ついに、彼は皆が歌を詠み尽くすまで待って詠んだ。

しほがまに　いつかきにけむ　あさなぎに
　つりするふねは　ここによらなん

（都にいたはずなのに、いつのまに塩釜に来てしまったんだろう？　たゆとう静けさの、素晴らしい朝凪のこの浦に、釣舟もきっと寄るだろ

塩釜【第八十一段】

「伊勢物語絵巻」より（甲子園学院美術資料館蔵）

うなあ）

この段のエピソードの面白さは、これまで語られてこなかった。華やかな宴になぜ物乞いが出てくるのか、主人公がなぜ、宴席の下でうろうろしているのか、意味が理解されてこなかったためである。

従来の訳では

・**物乞いは言祝《ことほ》ぎ歌を歌う人の別称**

・**（主人公は）ほかの偉い方々にとても混じれず、縁側の下で遠慮して歌を詠んだ**

などと、かなり無理な訳があてられている。

物語の書き手からすれば、上記の訳では物乞いの彼が〝這い歩く〟意味がまったく取れない。小説家として場面を思い合わせたとき、筆者はすぐに思いあたった。これは、作者ならではの作中劇の仕掛けなのである。

とすれば、宴席の下を主人公が這い歩いている理由は下記になる。

彼は、物乞いの爺さまの様子を砂地に降りてパントマイムし、宴席の皆に見せている。

都の鴨川の河原には、当時、物乞いが多かった。その物乞いが、行旅のあげく、はっと夜明けに気づけばワープして塩釜の砂浜に来ていた……という寸劇を、貴公子は自ら演じてみせたのである。

皆が歌を詠んでいるあいだ、主人公扮する物乞いは、砂地を這い歩き、時空を超えた旅をしていた。その上で、前記の歌を詠んだ。

しほがまに　いつかきにけむ　あさなぎに
つりするふねは　ここによらなん
（都にいたはずなのに、いつのまに塩釜に来てしまったんだろう？　たゆとう静けさの、素晴らしい朝凪のこの浦に、釣舟もきっと寄るだろうなあ）

寸劇と歌を合わせれば、物乞いが場所を錯覚してしまうほど塩釜に酷似した庭を褒めることになる。プロデュースした源融への最大の誉め歌にもなっているのだ。

上記の解釈で初訳出をしながらも、筆者は作者の現代さながらの演出感覚に驚いた。謎解きの結果は、嬉しいサプライズであった。

平安時代の写本者たちが悩んだ第八十七段「宮内卿《くないきょう》もちよし」の謎も千年を経て初めて解読できた！

第八十七段は、この伊勢物語の構成上、欠かせない一段である。

よく、人は死ぬ直前に人生のできごとを走馬燈《そうまとう》のように思い浮かべるというが、主人公にとっては少なくともその大きな一片になった出来事であろう。

が、このエピソードの重要性を指摘してきた人はいなかった。内容が読み取れていなかったためで

父の千代【第八十七段】

ある。

この段では、芦屋《あしや》にいる主人公のもとへ彼の兄を含めた仲間たちが訪ねてき、芦屋の灘《なだ》や滝など、付近の名所を散策し、最後には食事をする。

そのため、本文も歌も、景観や特産品の食事を紹介した芦屋の旅レポートのような現代訳がされている。ところが、これは作者の意図とは全く異なっていた。

実は、この段で作者が最も強調したかったのは、主人公・業平の父——阿保親王——の死を心から悼み、いまを生きる兄や仲間の幸せと長寿を祈る主人公の思いなのだ。

さて。

この段の意味が千年間解けなかったのには、理由がある。

わずかなフレーズなのだが、段中に、古今東西どの訳者にも解けていない一節があった。

それは、次の一節である。

伊勢物語図〈部分〉（国文学研究資料館蔵　鉄心斎文庫）

〝うせにし宮内卿もちよしが家〟

まず、この言葉がどんな場面で使われているか見てみよう。

主人公ら一行は、山で滝を見物し、帰り道である家の前から夜の海辺を眺める。

この家が〝うせにし宮内卿もちよしが家〟であるが、訳者はここで困難につきあたる。〝宮内卿もちよし〟氏に該当する人物が、現実の業平の周辺に見当たらず、主人公とどんな関係の人だか不明であった。そこで、どの現代語訳でもこの人物について「伝不詳」としている。

歴代の研究者らも首を傾げてきた。というのも、定家本系統では〝宮内卿もちよし〟だが、異なる写本の伊勢古本や塗籠本では〝もとよし〟と記されているので、

・藤原元善（歌人）か宮内卿茂能

ではないかという説が出たり、

・架空の人物か

……等々、ここは何人もの専門家が考証に苦労してきた部分でもある。

ところが、言葉を扱うのが職業の筆者には、すんなりと読めてしまった。大前提が違うのだ。

「もちよし」は、人名ではない。係助詞の〝も〟＋動詞〝千世《ちよ》（代）し〟なのである。この時代にも、名詞が動詞化しているケースは見られる（例・言《こと》す《言う》、節忌《せちみ》す《精進する》ともに『土佐日記』）。

上記のことを察すれば、訳も簡単であった。

〝うせにし宮内卿もちよしが家〟とは、〝宮内卿も　千世しが家〟であり、現代語にすれば、「亡くなった（父の）宮内卿も千代《せんだい》も栄え続けてきた《皇家→在原家の》家」と訳せる。

では宮内卿とは誰かといえば、業平の父、阿保親王と断定できる。

阿保親王は、836年に宮内卿に任じられている。宮内卿は、阿保親王が朝廷で歴任した職のなかでもっとも格が高い職だったので、作者は亡くなった阿保親王のことを宮内卿と呼んだのだ。

つまり、主人公ら（在原ブラザーズとその一行）は、亡くなった父・阿保親王の家の前から浜を眺めたことになる。さらに、そのとき主人公が詠んだ歌が下記である。

はるる夜の　ほしか河辺の蛍かも
わがすむかたの　あまのたく火か

《あの瞬く光は》晴れた夜空の星々なのか、あるいは《雲上の人である父の魂近くまで翔《と》ぶという》河辺の蛍であろうか。私の住まう潟で海人が焚《た》く火なのか。いずれにも見えることだよ）

蛍が人の亡魂に喩えられる「お約束」の虫であることは、第四十五段〝行く蛍〟の項でもすでに見てきた。

いかにも天上の父に思いを馳《は》せながら詠んだ歌であるが、これまで、この歌は単なる景観の描写のように訳されていた。

ご覧のように、一節の謎が解ければ、この段の構成はどんどん見えてくる。

「誰の家でもいいではないか。おそらく意味は薄い」

と、読み手はお思いかもしれないが、これまで書いてきたように、書き手は一言一句に意味を含ませるもので、同職の私にはないがしろにはできなかった。

ちなみに、〝千世〟というキーワードに筆者が気づいたのは、第八十四段を訳していたとき、歌に、この言葉が使われていたのを思い出したためである。

八十四段では、主人公は老母と歌のやりとりをする。

「私も老いてきたわ。たまには顔をお見せ」

と歌を送ってきた母に対し、主人公は泣きながらこう詠んだのだ。

世中に　さらぬわかれの　なくも哉《がな》
千よもと祈る　人のこのため
（世のなかに、この世の別れなどなくなってほしい。《親に》千世《千年も。永遠に》生きていてほしいと願う、人《あなた》の子《息子》のために）

主人公は八十四段で老母を、八十七段で亡父を思う。まことに自然な流れではないだろうか。この父への追慕が明らかになったので、さらに、この芦屋の段で主人公らが寄った滝の場面も生きてくる。

彼らは山の有名な滝を見ながら歌を詠む。まず、主人公の兄が詠んだのは、

わが世をば　けふかあすかとまつかひの
なみだのたきと　いづれたかけん
（わが一族の世を今日か明日かと待つ、その甲斐も無い涙の滝と、この滝とを比べると、いずれが高

いのだろうか）

　これを受け、業平は詠んだ。

ぬきみだる人こそあるらし　白玉の
　まなくもちるか　そでのせばきに

（滝の水は白玉のように繋がっているものだが、上方に誰かがいて玉を抜き、流れを乱しているらしい。だから、受けとめる私の袖がこんなに狭いのに、絶え間なく水しぶき《涙》が散るんだろうね）

　この滝は、布引《ぬのびき》の滝で、いまも芦屋にある。現代の画像を見ても、滝の上方に岩が突き出ていて、そのせいで滝が二手に堰《せ》かれているのがわかる。

　その石を、藤原良房に見立て、《在原ブラザーズ》は彼に邪魔をされているせいで自分たちの生活が乱れ、世が遠ざかっていると歎いたのである。

　藤原北家への愚痴から亡父への思慕と、作者は在原家絡みの一連の話を続けた。物語のセオリー通り

布引の滝【第八十七段】

伊勢物語図〈部分〉（国文学研究資料館蔵　鉄心斎文庫）

である。

その上で、この段の結びとなっている最後のエピソードを見てみたい。

彼ら一行は主人公の家に戻って食事をする。ここで、給仕の女性が海藻の海松《みる》を器に盛りつけ、柏《かしわ》の葉を蓋《ふた》がわりにして出した。

その柏の葉に、下記の歌が書きつけてあった。

渡《わた》つ海《み》の　かざしにさすといはふも（藻）も
　きみがためには　おしまざりけり
（簪《かんざし》にさすという海産物の海藻・海松を、あなたのためなら惜しまずお出しいたします）

この歌は、食事に海藻を出した歌なので、地元グルメの歌のように訳され、読み飛ばされがちであったが、実はこの歌こそ、作者がこの段の締めくくりとしてもってきた、見事なエンディングになっているのである。

まず、海松をなぜ簪にしたのかといえば、松は長寿の縁起物だからである。

さらに、海松が盛られた器に用いた柏の葉は、命が長く常に葉が青々としているので、同じく長寿を寿《ことほ》ぐ植物である。

いずれも「お約束」だが、これらのラッキーアイテムが二つ並ぶと、〝松柏《しょうはく》〟と揃って不滅の命への願いとなる。松柏は、いにしえより長寿のシンボルで、より強いラッキーカードであった。

海松に柏の葉を合わせることで、貴公子は一献にラッキーカードを添え、父に至るまでの代々の栄光も思い合わせて、皆の長寿と家運を祈ったのだった。

従来の諸訳では、海松の意味も柏の意味も説かれていない。物語の醍醐味《だいごみ》が失われてしまってはもったいない。

作者の意図を汲んで、筆者はこう訳してみた。

渡つ海の　かざしにさすといはふも（藻）も
　きみがためには　おしまざりけり

（《松は長寿の縁起物なので》簪にして不老長寿を祝うという藻《海松》も、君《お客様たち、とくに兄さま》のためには惜しむことなく差し上げます。ご堪能ください）

自らの老いを見つめながらも
茶化して斜め上をゆく主人公。
月見さえユーモラスなネタにした第八十八段

伊勢物語の主人公は、巷の人々とはちょっと違う角度から物を見る。捻《ひね》りすぎて過剰だったり、拗《す》ねて厭世的に見せたりと、やや孤立的ではあるが、ひりりと辛《から》みがあって、あとからおかしみが湧いてくる。

馴れてくると、刺激がクセになってくるから不思議である。

通底して見えてくるのは傷心と寂しさなのでつい許してしまいがちだが、結局、彼は甘えん坊、きかん坊だったのかもしれないと思えてくる。

八十八段では、そう若くもない友だちが集まって月見をする。そのなかに一人、下記の歌を詠んだ者がいた。あの主人公である。

おほかたは　月をもめでじ　これぞこの
　つもれば人の　おいとなる物

諸訳は、この歌を〝たいていのことでは月をほめないようにしよう。此の月こそが積もり積もれば人を年寄りにするものである〟と訳しているが、これでは前半と後半の歌意が合わない。〝月の景色が一通りではないから賞美せずにはいられない、の意か〟等として、月を誉めた歌と見ているものも違う。

〝おほかたは〟の部分で、たいてい（の人）は、と人格を補ってみると、意図がはっきりする。これはユーモラスに皆をからかった歌である。

おほかたは　月をもめでじ　これぞこの
　つもれば人の　おいとなる物
（たいていの人が《君たちも含め》月を褒めまいとするのは、ほら、あれだよ、月というものが積も

れば年にかわり、人の老いを追いたてるものだからだろうな）

この場で歌を詠んだところ、皆の月の歌がよほど下手だった。だから、「誰も月を誉めようとしていないね。たぶん月というものが老いを連想させるからなのかなあ」

と、混ぜっ返したのである。この、とぼけながらも鋭い歌の詠み方こそ、あの主人公の持ち味なのだ。

主賓のバックグラウンドを知れば、藤をテーマに藤原北家への皮肉を詠《うた》った主人公の心の裡《うち》が透けて見える

藤原北家、特に良房へのアンチテーゼは、見てきた通り伊勢物語を貫くロジックのひとつである。終盤の百一段でも、主人公は人前で堂々と藤原北家を当てこする歌を詠む。

まずは、作者が用意したシチュエーションが際立っている。

主人公の兄・在原行平が、藤原良近《まさちか》という人を正式な主賓に、客らを招いて酒食を振る舞う宴席である。兄は大きな壺に藤を飾る。花房が一メートル以上あり、妖しく人を惑わせるような花である。

この藤を題に歌詠みが始まり、フィナーレの頃に主人公・業平が呼び出され、歌を披露させられた。

彼は次の歌を詠む。

さく花の　したにかくるる人をおほみ
ありしにまさる　ふぢのかげかも

（これはまた、古今のどんな花にも勝るずいぶん素晴らしい藤の蔭ですねえ。咲く花の下の影に隠れる人が多いからかな）

来客らをぎょっとさせるような歌である。確かに藤の花を誉めはしているが、藤の花木はしばしば

あやしき藤の花【第百一段】

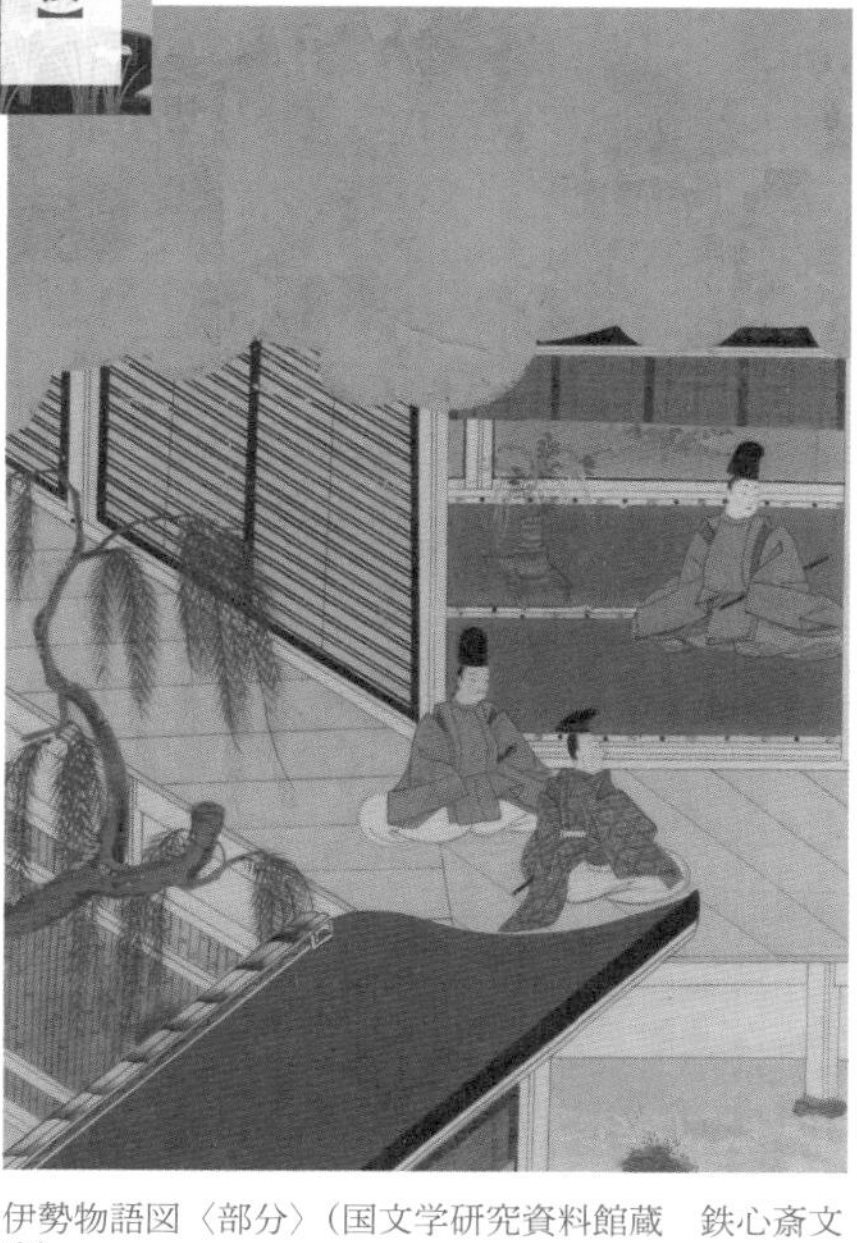

伊勢物語図〈部分〉（国文学研究資料館蔵　鉄心斎文庫）

藤原家に喩えられるので、この歌はさすがに、その場にいた人にも藤原家を揶揄《やゆ》した歌に聞こえた。

《藤原北家が栄華をきわめている陰で、ほかの人々には日が当たらない》

といっているようなものだ。

場がざわついた。

この日の主賓・藤原良近は藤原氏なのだから、まず主賓への失礼にあたる。皆そう思ったので、場は凍りつきかけた。

「なぜ、こんな歌を詠むんだ」と問う者も出た。

この歌が皮肉と受けとめられるだろうことは貴公子にもわかっていたので、彼はいいわけをした。

「太政大臣の栄華の盛りに多くの人がお仕えしているおかげで、藤原氏が格別に栄えていることを祝って詠んだのですよ」

と。

皆、そこで責めなくなり、あるいは知らん顔をした。

……と、通常はここまでは訳されている。が、残念ながら、これでは作者の意図が半分しか伝わっていない。

業平は身内思いであり、兄の宴席の主賓に対する非礼を働くなどはしない男だ。

実をいえば、この歌はむしろ、主賓に対するシンパシーに基づいて練られたものだったのである。

まずは藤原良近のバックグラウンドを見ていただきたい。

主賓の藤原良近は、同じ藤原家でも北家とは異なる系で、藤原式家《しきけ》の出である。良近の父・吉野《よしの》は、式家の本流を継ぐ実力者であった。ところが、吉野は帝位にからむ事件に与《くみ》したとして、左遷のあげく、生涯、入京を許されないまま死している。

この事件こそ、北家の藤原良房が自分の甥を皇太子にしたいがための画策からはじまった、あの一件――承和の変――であった。

仁明帝のとき、もともとは恒貞親王が皇太子に立てられていた。ところが、藤原良房が、妹の子(道康親王。後の文徳天皇)を皇太子に擁立したいと画策しはじめた。このとき恒貞親王の側についていたのが吉野であった。

結局は、良房の強引な手腕により、恒貞親王は皇太子を廃され、吉野は太宰府に飛ばされたあげく、山城国《やましろのくに》に幽閉されたまま死してしまった。藤原良近の父も藤原良房に苦しめられたのである。阿保親王をも間接的に死に追いやったあの事件に絡み、在原ブラザーズと良近は、いわば北家の犠牲者同士であった。

そもそも、行平が藤原良近を宴の主賓にしたのは、けっして藤原家への追従《ついしょう》や出世の思惑からではない。行平と良近とは、傷つけられた父祖の件を思い合い、相憐《あいあわ》れむ仲だったのである。

作者はこの現実を下敷きにしてエピソードを書いているのだ。

……上記の背景を知れば、業平が良近を人前で口撃《こうげき》するはずもないことがおわかりいただけるであろう。

彼の歌は、同憂《どうゆう》の士である式家・良近の心情をも代弁するものでもあったのだ。

さく花の　したにかくるる人をおほみ
ありしにまさる　ふぢのかげかも
（《見事だが異様な藤原北家の栄華は、良近殿の式家を含むさまざまな人を日陰の身にしていますねえ》）

と。

宴席にいた客人たちのなかには、承和の変の事情を心得ている人たちもむろん多かっただろう。だから、主賓の心を汲んだ業平の歌への非難をやめ、あるいは知らん顔をしたのである。

情が薄いと女性から文句を言われたとき、主人公は反撃した。蛙の歌の謎を「お約束」から解く

この物語の主人公は、本気の恋をした女性には、いつまでも心を尽くすが、そうでない女性には実につれない。

断るときは、かなり辛辣なのである。

第百八段も男女の文句のいいあいで、まずは女性がこんな不平の歌を口ずさむ。

風ふけば　とはに浪こす　いはなれや
　わが衣手の　かはく時なき
（風が吹けば、いつも波に頭上を越されてしまう岩なのね。だから私の袖が濡れてしまうのよ《ほかの人に心が動くと、私を避けて通り過ぎるあなた。だからいつも泣いているの》）

しょっちゅうこう聞かされていた男は、とてもたまらず、次の歌を詠む。

夜ゐごとに　かはづのあまた　なくたには
　水こそまされ　雨はふらねど

この蛙の歌は、これまで定説ができなかった歌である。訳も下記のようにまちまちであった。
・雨は降らないが蛙の涙で水嵩が増す。それほど逢いがたいので、勝る恋の激しさは君と同じだ
・夜ごとに蛙が鳴く谷では、雨が降らなくても蛙の涙で水嵩が増す。君の涙も私（雨）のせいではなく、ただ騒いで鳴いているだけだ
・夜ごとに蛙がたくさん鳴く谷は、潤う一方なのだから私（雨）は君のもとへ通わなくてもよい
従来の諸訳者も、これらはいずれもぴったり来ず、訳しがたさに悩んできたところであるという。ところが、これも次に挙げる蛙の「お約束」を知れば、ごく自然に訳出できる。

●蛙（アマガエル）が鳴くのは雨の前兆である
●田植えの季節には、雨の予報とは無関係に交尾のため蛙が一斉に鳴く

さらに、重ねて重要なのは、田んぼに関する下記の約束である。

●田植えの季節には、田に水が張られる

この当時のコモンセンス三点が頭に入っていれば、歌のなかの〝なくたには〟は〝鳴く谷は〟ではなく、〝鳴く田には〟であることがわかり、前述の蛙の歌はこう訳せるのである。

夜ゐごとに　かはづのあまた　なくたには
水こそまされ　雨はふらねど

（夜ごとに田にいついた雨蛙が集団で鳴いているあの田には、水が張られて水嵩が増した田植えの季節となって交尾の呼び交わしをしているだけで、雨の予報ではないから雨は降らない（涙は出ない）よ。《夜、君のもとに行くたびに何匹ものアマガエルのようにうるさく求められると、会わない――見ずの――気持ちが増すだけで、私の涙も出ないし、行く気にもなれないよ）

蛙や田に関することなどは、当時の読者にとってはごくあたりまえの知識だったのだろうが、いまとなっては忘れられかけている。

「お約束」は、時にいくつも重ね合わせられて用いられている。

当時の感覚に戻しつつ訳してみれば、歌のなかの〝みず〟の語がは、〝水〟と〝見ず（会わない）〟の掛詞になっていることも読めてくるのである。

在原兄には真心の歌を詠ませ、同時に帝さえ茶化してしまった伊勢物語作者のキレのよさ

百十四段も、なぜか従来の訳では醍醐味が半分ほどしか伝わっていない段になっている。

この段では、在原行平が主人公である。

仁和帝《にんなのみかど》が芹河《せりかわ》に行幸されるに際し、行平が放鷹のお伴を命じられた。すでにかなりの年配だったのだが、彼は鷹狩りの名手として知られてもいたので、伺候《しこう》した。

行平の狩衣の袂には、こう記してあった。

おきなさび人なとがめそ　かり衣
けふはかりとぞ　たづもなくなる
（狩衣よ。年寄りめいた人が狩をしているからといって、咎《とが》めないでほしい。今日は狩りだと《獲物の》鶴も鳴いている）

ところが、帝のご機嫌は悪かった。行平は自分のことを年寄りめいているといったのだが、帝を含め、若くない人は自分のことをいわれたと思って聞き咎めたのである。

……ざっとそんな筋書きで、おおむね上記のように訳されている。

が。

これも、まず現実の歴史を知っていないと、何のことだか伝わらない。

この芹河の放鷹は、現実に行われたことであり、実をいうとごく久しぶりに催された鷹狩りであった。

この日の鷹狩りは、とりわけ放鷹を好んだあの嵯峨帝にならって行われたものであった。仁和帝(光孝《こうこう》天皇)は、幼い頃から嵯峨帝の皇后・橘《たちばなの》嘉智子《かちこ》のお膝元で可愛がられて育っており、そのゆかりから、しばらく行われていなかった鷹狩りを復活したのである。

ちなみに、この仁和帝には、百人一首にも採られている有名な歌がある。

君がため　春の野に出でて若菜摘む
　わが衣手に　雪は降りつつ
(あなたのため、春の野に出て、長命を育む若菜を摘んでいます。私の着物の袖には雪が降り続けていますが……)

この歌は、帝がまだ親王だった頃の歌だが、この若菜が摘まれたのが嵯峨の芹河野であった。このことからすれば、この歌の冒頭の〝君〟は、嵯峨帝か嘉智子皇后であってもおかしくない。長命を祈る若菜をその人のために摘むとすればなおさらである。
行平は、仁和帝にとって大切なこの天上の方々のことも思い合わせて前述の歌を記したのである。

おきなさび人なとがめそ　かり衣
けふはかりとぞ　たづもなくなる

（狩衣よ。今日は久しぶりに許された狩りの日だ。昔は狩りで鳴らした私だが、鷹狩りが禁じられて何年も経つ。その間に年寄りめいてしまったからといって見咎めないでほしい。今日ばかりはめでたい特別な狩りだと、喜びの声を天にましますす嵯峨帝に奉ろうとばかりに、鶴も鳴いている）

と。

鶴には

●鳴き声が天まで届く

という「お約束」がある。その意味を取り損ね、スルーしてしまうと、天上の人々への真心が伝わらない。

もちろん、嵯峨帝に倣《なら》ってこのイベントを設けた仁和帝への尊崇《そんすう》も示した歌なのである。
が、帝はご機嫌を損ねた。
なぜかといえば、この帝が即位されたのは五十五歳になってからと、とりわけ遅かった。常日頃より、老いてから立った帝と巷ではいわれていたので、そのことを当てこすられたと、帝は誤解されたのだ。

このプロットを見れば、在原行平が悪いのではなく、作者が帝を茶化しているのだということも、読者にはわかる仕掛けになっている。

仁和帝の芹河御幸は業平が没してからのことなので、このエピソードは後世加えられたものであろうが、ひとつの歌で行平の真心を描き、ついでに帝を揶揄してしまうとは、この段の作者もずいぶんしたたかな人である。

岸《きし》の姫松《ひめまつ》とは、住吉の浜の松の群林を指している。植えられたのは神世の昔であった

第百十七段も、歴史を踏まえていないと意味がつかみにくい段だろう。この段には、帝の御歌が示される。

住吉に赴かれた天皇が、下記の御歌を詠まれた。

我見ても　ひさしくなりぬ　住吉の
　きしのひめ松　いくよへぬらん
（私が見ても、長い歳月を経ていると思われるこの住吉の〝岸の姫松――浜の松林群を美しくこう呼ぶ――〟は、どれほどの世を経ているのだろうか）

すると、住吉の大明神《だいみょうじん》が姿を現わされ、いわれた。

むつましと　君は白浪　みづがきの
ひさしき世より　いはひそめてき
（あなた様はご存じないようですが、私と皇家は睦まじいのです。みづがき《神社の垣根が作られ始めたときほど》の久しい昔より大切に祀られかつ、あなた方（皇家を含め）を守りはじめたのですよ）

歌意は上記だが、〝どれほどの世を経て〟と問われたのに対し、この訳では〝久しい昔〟と答えている。

この答えは、作者や当時の読者の感覚とはズレている。誤ってはいないものの、大ざっぱすぎるのである。

みづがきの久しき……といえば、すなわち神世ということになるが、当時の人々は、神話のなかの話として、もっと時期を絞ることができていた。

というのも、住吉の松をめぐるできごとで神世といえば、皆がよく知っている伝説があったからだ。

神功《じんぐう》皇后の伝説である。

『日本書紀』によればそれは仲哀《ちゅうあい》九年の春のこと。国外に出兵し、戦をしようとした神功皇后は、住吉三神を頼りに遠征を続けた。筑紫地方の伝承では、この前後に、渡海の安全を住吉大神に祈って唐の松神社や遠賀の住吉神社に松を植え（福岡県神社誌）、戦勝して帰国してきた後にも松を植えたとされているのだ。

岸の姫松とは、一本の松を指すのではなく、住吉の松を総じた美称であるという。

住吉大明神は、このことを踏まえて下記のように告げたのだ。

むつましと　君は白浪　みづがきの
ひさしき世より　いはひそめてき

（この松とあなたのご先祖が親密であることをあなたは知らないようですが、実は私と皇家は睦まじいのです。松にちなむ人は、あなたの遥か遠くの祖先、神功皇后で、以来、この住吉の神と皇家と松がともに栄えるように祝頌《しゅくしょう》を献じあってきたのです）

と。

藤原北家令嬢たちとの不毛な恋に迷った主人公の生涯。深草野《ふかくさの》の地が暗示するものを解く

定家版・伊勢物語百二十五段のなかで、この段は、百二十三段目にあたる。

作者からすれば、そろそろ物語を手じまうための総括をしなければならないところである。

この段に、作者はこんなエピソードを持ってきている。
主人公の貴公子は、深草に住む女性と交際しているが、ようやく飽きてきたのか、次の歌を詠む。

年をへて　すみこしさとを　いでていなば
　いとど　深草野とやなりなん
（何年ものあいだ住み慣れたこの里を、私が出て行ったなら、ここはますます草深い野となってしまうに違いない《長年馴染んだ君のもとを、私が出て行ってしまったら、君はたいそう寂しくなるだろう》）

　女性の返歌はこうだ。

野とならば　うづらとなりて　なきをらん
　かりにだにやは　君はこざらむ
（ここが草深い野となったなら、鶉《うずら》になって憂いの声で鳴いていますわ。仮に狩りにだけでも、あなたはおいででしょうから）

　しおらしく、こう詠まれたので、歌に感じ入った貴公子は、去ろうと思う心をなくしてしまう。
　一見、何の変哲もない男女のやりとりである。男が飽きかけるが、女性の情にほだされて心が戻るというだけの話である。

だから、この段はさらりと読み飛ばされているし、上記を超える訳は行われていない。

ところが、筆者は、作者がこのエピソードを総ざらえに近い位置に置いたことに、さらなる意図をかぎ取った。

ヒントは地名にあった。繰り返し述べてきたように、地名には地名ゆかりのコモンセンスがあるのである。

この段の女性はどんな人かといえば〝深草にすみける女〟で、深草が地名として登場する。

この深草の地は、平安京の南の郊外にあり、確かに泥地に芦《あし》や葦《よし》が繁り、深田も少なからぬ水郷で、草深い地に住む近郊の女性と取ることもできる。

しかし、作者がここで暗示しているものはどうやら違うと筆者は気づいた。

実をいえば、この深草は、当時の人々にとって〝藤原北家の菩提寺の地〟として認識されつつあったのである。

深草帝の別名を持つ仁明天皇は、深草陵に祀られたが、その後継者となった清和天皇は、藤原良房の孫である。良房は、仁明帝の菩提寺に隣接して、清和帝のために貞観寺という大寺院を建てた。

深草が北家に関連づけて想起されるようになったのは、この頃のことである。

古今和歌集に例があるので挙げてみよう。

うつせみは　からを見つつもなぐさめつ
　深草の山　煙だにたて
（空蟬《うつせみ》は、殻を見ても実体が想像できて慰められるように、現し身《うつみ》《この世の体》は亡骸《なきがら》があるあい

だは慰められる。が、それもなきいまは、深草野の山よ、煙だけでも立てて故人を偲ぶゆかりとさせてほしい）

上記の歌は僧都勝延《そうずしょうえん》の作で、詞書《ことばがき》には

〝ほりかはのおほきおほいまうち君　身まかりにける時に　深草の山にをさめてけるのちによみける〟

とある。この〝ほりかはのおほきおほいまうち君〟とは、堀川大臣などとも呼ばれた太政大臣、藤原基経のことである。つまり、上記の歌は藤原基経の挽歌なのである。

基経といえば、すでにご記憶の方も多いであろうが、北家出身の業平の恋人・高子の兄で、良房の養子となり、大出世を遂げた人である。良房の後継者として太政大臣となり、ついには事実上の関白にまで上り詰めた。

この基経は深草山に葬られ、深草といえば北家の墓所との印象がより強くなったのだ。

その〝深草〟の地が絡むエピソードを、作者がわざわざ幕切れ近くに持って来た意味は何か。

筆者は、この段は、さらに深層を読むべきであると考え、小説であえて下記の新見地を述べた。

もう若くはない主人公の貴公子にとって〝深草に住んでいる女〟とは、彼が生涯をかけ、本気で恋した藤原北家の令嬢たちの暗喩でもあった。

終局が近づき、令嬢たちとの悲恋にようやく倦《う》んだのか、別れを見据えながら、彼はなおも迷いの歌を詠んだのである。

年をへて　すみこしさとを　いでていなば
いとど　深草野とやなりなん
（長年身についている藤原北家の令嬢たちとの苦しい恋から抜けだすとすれば、《私も恋も》ますます淋しくなるに違いない）

と。

自分と同じ人は一人としていないから、思うことはいわずに止めるべきだったと、伊勢物語の主人公はいうが……。

こうして訳し続けてみると、第七十六段から百二十五段にわたっては、主人公の人生の〝下り坂〟が如実に描かれたユニットになっていることがわかる。

かつて本気で恋した北家令嬢二人は、片や永眠し、片や宮中で手の届かぬ人となる。ロイヤルファミリー二代目の父は亡き人となり、母も老いる。心から仕え、一縷《いちる》の希望としていた親王さえも出家をし、勢いを失してゆくのである。

そのなかで、主人公はときに歌の才能や当意即妙な芸をきらめかせて光り、言葉を武器に、宿敵ともいえる藤原北家の良房・基経をちくりと刺す。その刺激的な生き方に、読者が痺れたことは疑いもない。

エンディングに至るまで、彼は皇孫の気概を失ってはいないが、時日の経過はこの貴公子をも少しずつ苔むさせてゆく。

ただ、主人公はやはり物語のなかを存分に動きまわり、火のような皮肉を吐き、恋して泣いて生きていた。

それでもなお、作者はラスト前の百二十四段で、主人公にこんな歌を詠ませている。

おもふこと　いはでぞただにやみぬべき
　我とひとしき　人しなければ
（思うことは、そのままいわずにおくべきだ。自分と同じ人はこの世にいないのだから）

百二十あまりのエピソードを好き勝手に語っておいて、終盤にきて主人公にこんな捨て台詞を吐かせる。まったくあなどれない作者である。

確かに、人は〝世界にひとつだけの花〟であり、個々の思うことをすべてその通りに伝えることは、ほかの誰にもできるまい。

ただ、すでに語られてしまったことについて知り、解釈し、寄り添ってゆくことは誰にでもできる。

ラストにきて千年前のこんなぼやきを読んでしまったからこそ、筆者にはファイトがわいてきたのかもしれないと思っている。意図代弁のしがいがあるではないか。

つゐにゆく道【第百二十五段】

伊勢物語図〈部分〉（国文学研究資料館蔵　鉄心斎文庫）

伊勢物語は、記されて以来、幾度となく訳を試みられている。

私は第一段を訳すにあたり、まず平安期の読者になったつもりで読めるよう、当時の状況と情報を、できるかぎりわかりやすい形で解説し、添えてみようと考えた。

そのアプローチが功を奏し、期せずして、従来は謎とされていた難解な部分がどんどん解けていった。

自分でも不思議なほどスムースに訳出が進み、新たな解釈にたどりつけたのは、読者であると同時に、作者としての目を持って構成やプロットを眺めることができたためであろう。

なかでも、百二十五段中七段にわたり、有史以来誰も指摘していなかったことを訳出できたのは、望外の喜びであった。これらについては、かの本居宣長や賀茂真淵、上田秋成らも気づいておられなかったことばかりであると自負している。

本稿の第六章で触れてきた部分についていえば、第七十六段、八十一段、八十七段、百一段は初訳出といってもいいだろう。

七十七、八段や百二十三段も新見地の訳とした。

さらに、細かい部分に言及すれば枚挙に暇がないが、本稿では従来の訳と大きく異なる部分がある段を中心に解説するに留まったので、ご関心のある向きにはぜひ『令和版・全訳小説　伊勢物語』をご参照いただきたい。

新たな発見や解釈に戸惑われる方もあると思われるが、異論のある方にはぜひご検証・ご教示願いたいし、けっして考えを押しつけるものではない。

繰り返し学び、追究することで、何世代もの訳者たちが、伊勢物語を進化させてきたのである。

それはさておき。

いささか見方を変えれば千年の謎も解けると気づかれた方のなかには、さらに新たな発見をして下さる方も多いのではなかろうか。

そう思うとワクワクとして、古文解読への期待はとまらないのである。

造本装幀　岡　孝治＋森　繭

本書は書き下ろしです。

本書に収録されていないエピソードをこちらで読むことができます。

服部真澄の伊勢物語絵解きブログ

服部真澄（はっとり・ますみ）
1961年東京都生まれ。早稲田大学教育学部国語国文科卒。'95年に刊行したデビュー作『龍の契り』が大きな話題となる。'97年『鷲の驕り』で吉川英治文学新人賞を受賞。以後、豊富な取材と情報量を活かしたスケールの大きな作品を発表しつづけている。歴史に材をとった作品も多い。著書に『天の方舟』『クラウド・ナイン』『深海のアトム』『夢窓』、本書と同時刊行の『令和版 全訳小説　伊勢物語』などがある。

千年《せんねん》の眠《ねむ》りを醒《さ》ます『伊勢物語《いせものがたり》』

第一刷発行　二〇二〇年四月二十一日

著　者　服部真澄《はっとりますみ》
発行者　渡瀬昌彦
発行所　株式会社講談社
東京都文京区音羽二・十二・二十一
郵便番号　一一二・八〇〇一
電話　出版　〇三・五三九五・三五一〇
販売　〇三・五三九五・五八一七
業務　〇三・五三九五・三六一五

本文データ制作　講談社デジタル製作
印刷所　豊国印刷株式会社
製本所　大口製本印刷株式会社

定価はカバーに表示してあります。

ISBN978-4-06-518071-6
N. D. C. 915　220p　20cm